国际大奖小说
法国小淘气文学奖

宠物猫的反击战

Ma vie, par Minou
Jackson chat de salon

[法]索菲·迪奥埃德 / 著
[法]瓦耐莎·黑尔 / 绘
边静 / 译

天津出版传媒集团
新蕾出版社

图书在版编目(CIP)数据

宠物猫的反击战 / (法) 索菲·迪奥埃德著; (法) 瓦耐莎·黑尔绘; 边静译. -- 天津: 新蕾出版社, 2021.5(2023.3 重印)
(国际大奖小说)
ISBN 978-7-5307-7139-6

Ⅰ.①宠… Ⅱ.①索… ②瓦… ③边… Ⅲ.①儿童小说-中篇小说-法国-现代 Ⅳ.①I565.84

中国版本图书馆 CIP 数据核字(2021)第 048744 号

Original Title: Ma vie, par Minou Jackson chat de salon
Text by Sophie Dieuaide
Illustrations by Vanessa Hié
Original French edition and artwork © Editions Casterman 2001
Simplified Chinese translation copyright © 2021 by New Buds Publishing House (Tianjin) Limited Company
ALL RIGHTS RESERVED
津图登字:02-2020-326

书　　名	宠物猫的反击战　CHONGWU MAO DE FANJI ZHAN
出版发行	天津出版传媒集团 新蕾出版社
	http://www.newbuds.com.cn
地　　址	天津市和平区西康路 35 号(300051)
出 版 人	马玉秀
电　　话	总编办 (022)23332422
	发行部 (022)23332351　23332679
传　　真	(022)23332422
经　　销	全国新华书店
印　　刷	天津新华印务有限公司
开　　本	880mm×1230mm　1/32
字　　数	40 千字
印　　数	27 001—32 000
印　　张	4.75
版　　次	2021 年 5 月第 1 版　2023 年 3 月第 3 次印刷
定　　价	26.00 元

著作权所有,请勿擅用本书制作各类出版物,违者必究。
如发现印、装质量问题,影响阅读,请与本社发行部联系调换。
地址:天津市和平区西康路 35 号
电话:(022)23332677　邮编:300051

一辈子的书

◎ 梅子涵

◆亲近文学◆

　　一个希望优秀的人,是应该亲近文学的。亲近文学的方式当然就是阅读。阅读那些经典和杰作,在故事和语言间得到和世俗不一样的气息,优雅的心情和感觉在这同时也就滋生出来;还有很多的智慧和见解,是你在受教育的课堂上和别的书里难以如此生动和有趣地看见的。慢慢地,慢慢地,这阅读就使你有了格调,有了不平庸的眼睛。其实谁不知道,十有八九你是不可能成为一个文学家的,而是当了电脑工程师、建筑设计师……可是亲近文学怎么就是为了要成为文学家,成为一个写小说的人呢?文学是抚摸所有人的灵魂的,如果真有一种叫作"灵魂"的东西的话。文学是这样的一盏灯,只要你亲近过它,那么不管你是在怎样的境遇里,每天从事怎样的职业和怎样地操持,是设计房子还是打制家具,它都会无声无息地照亮你,使你可能为一个城市、一个家庭的房间又添置了经典,添置了可以供世代的人去欣赏和享受的美,而不是才过了几年,人们已经在说,哎哟,好难看哟!

谁会不想要这样的一盏灯呢?

◆阅读优秀◆

文学是很丰富的,各种各样。但是它又的确分成优秀和平庸。我们哪怕可以活上三百岁,有很充裕的时间,还是有理由只阅读优秀的,而拒绝平庸的。所以一代一代年长的人总是劝说年轻的人:"阅读经典!"这是他们的前人告诉他们的,他们也有了深切的体会,所以再来告诉他们的后代。

这是人类的生命关怀。

美国诗人惠特曼有一首诗:《有一个孩子向前走去》。诗里说:

有一个孩子每天向前走去,

他看见最初的东西,他就变成那东西,

那东西就变成了他的一部分……

如果是早开的紫丁香,那么它会变成这个孩子的一部分;如果是杂乱的野草,那么它也会变成这个孩子的一部分。

我们都想看见一个孩子一步步地走进经典里去,走进优秀。

优秀和经典的书,不是只有那些很久年代以前的才是,只是安徒生，只是托尔斯泰，只是鲁迅；当代也有不少。只不过是我们不知道，所以没有告诉你；你的父母不知道，所以没有告诉你；你的老师可能也不知道，所以也没有告诉你。我们都已经看见了这种"不知道"所造成的阅读的稀少了。我们很焦急，所以我们总是非常热心地对你们说，它们在哪里，是什么书名，在哪儿可以买到。我就好想为你们开一张大书单，可以供你们去寻找、得到。像英国作家斯蒂文生写的那个李利一样，每天快要天黑的时候，他就拿着提灯和梯子走过来，在每一家的门口，把街灯点亮。我们也想当一个点灯的人，让你们在光亮中可以看见，看见那一本本被奇特地写出来的书，夜晚梦见里面的故事，白天的时候也必然想起和流连。一个孩子一天天地向前走去，长大了，很有知识，很有技能，还善良和有诗意，语言斯文……

同样是长大，那会多么不一样！

◆ 自己的书 ◆

优秀的文学书，也有不同。有很多是写给成年人的，也有专门写给孩子和青少年的。专门为孩子和青少年写文学书，不是从古就有的，而是历史不长。可是已经写出来的足以称得上琳琅和灿烂了。它可以算作是这二三百年来我们的文学里最值得炫耀的事情之一，几乎任何一本统计世纪文学成就的大书里都不会忘记写上这一笔,而且写上一个个具体的灿烂书名。

它们是我们自己的书。合乎年纪,合乎趣味,快活地笑或是严肃地思考,都是立在敬重我们生命的角度,不假冒天真,也不故意深刻。

它们是长大的人一生忘记不了的书,长大以后,他们才知道,原来这样的书,这些书里的故事和美妙,在长大之后读的文学书里再难遇见,可是因为他们读过了,所以没有遗憾。他们会这样劝说:"读一读吧,要不会遗憾的。"

我们不要像安徒生写的那棵小枞树,老急着长大,老以为自己已经长大,不理睬照射它的那么温暖的太阳光和充分的新鲜空气,连飞翔过去的小鸟,和早晨与晚间飘过去的红云也一点儿都不感兴趣,老想着我长大了,我长大了。

"请你跟我们一道享受你的生活吧!"太阳光说。

"请你在自由中享受你新鲜的青春吧!"空气说。

"请你尽情地阅读属于你的年龄的文学书吧!"梅子涵说。

现在的这些"国际大奖小说"就是这样的书。

它们真是非常好,读完了,放进你自己的书架,你永远也不会抽离的。

很多年后,你当父亲、母亲了,你会对儿子、女儿说:"读一读它们,我的孩子!"

你还会当爷爷、奶奶、外公和外婆,你会对孙辈们说:"读一读它们吧,我都珍藏了一辈子了!"

一辈子的书。

Ma vie, par

Minou

Jackson
chat de salon

目录

1

第一章
美好生活

8

第二章
流浪猫布吕斯

17

第三章
另一个世界

23

第四章
两个名字

29

第五章
外婆来了

34

第六章
搬运工

40

第七章
停车,爸爸!

46

第八章
一所"不太现代化"的房子

53
第九章
蹬腿、屈腿!

86
第十四章
去巴黎

118
第十九章
我的天哪!多恐怖呀!

60
第十章
在农场

91
第十五章
高速列车太快了

123
第二十章
腊肠犬的饭盒

68
第十一章
屁股栽进蛋壳里

98
第十六章
自由,我是自由的!

129
第二十一章
十三点三十分的新闻

74
第十二章
压垮骆驼的最后
一根稻草

107
第十七章
在德弗洛夫伯爵的
墓穴上

134
第二十二章
杰克逊,你占满了
整个屏幕!

79
第十三章
逃走

113
第十八章
一切尽在掌握

第一章

美好生活

昔日我的生活还真美妙！没人能想到它会变成一场噩梦。任何人都没想到，尤其是我自己。

那时候，早晨的齐德帕牌猫粮和金枪鱼，傍晚的蔬菜丸子都是我生活中的乐趣……这边一截儿羊腿，那边一整块火腿肉……而我的牛奶碗中，老天，总是有诺曼底牌全脂奶！

我认识一些可怜的猫咪。那些粗俗的人——竟然还有这样的人——对待他们的绣球花比对猫还好!比如那只下等的虎斑猫,无论冬夏都睡在阳台上;还有牙医的猫绒球儿,仅仅因为在一块地毯上撒了泡尿,就被丢到了动物收养所,而那块可恶的地毯甚至连漂亮都算不上……

而我的女主人露茜尔(是个迷人的名字,对吧?)对我可是好得不得了!她总是用夜莺般的嗓音重复着同一句话:"你在那儿吗,我的小咪鲁?"

每天早上都如此:"你在那儿吗,我的小咪鲁?"

我当然在啦。我还能去哪儿呢?我又不会为了锻炼身体从八楼跳下去,很少有猫咪能成为跳伞健将的。她总是这样问显得她有点儿冒傻气,但能令我感到很亲切,也很开心。

她很殷勤很周到,即便是在匆忙之中,也不会忘记给电视机接通电源。她从没忘记过!

"哎呀,我要迟到了!天哪,天哪……我给你调到二频道吧。你喜欢看二台,对吗,我的小咪鲁?"

从他们在塞纳河边的一家精品宠物店把我买回来(花了很多钱)至今,眼看就要整整两年了,当时我就意识到自己中了大奖。那是一对可爱的年轻夫妇,特别是露茜尔,身上穿着像覆盆子果实一般的紫红色套装。他们来这儿可不是漫无目的地闲逛,我不停地在心里说:"但愿他们能选中我,但愿他们能选中我……"所以当那位丈夫的手指向笼中的我的邻居时,我开始担心起来。那是一只傲慢的暹罗猫,我从没和他搭上过话。男人凑过来,想要看得更清楚些。嗷呜!我一口咬住了暹罗猫的尾巴。暹罗猫气得竖起了全身的毛,好像一头豪猪。

"可恶的畜生!"男人叫道,"真是不识好歹!"

我则在一旁可怜巴巴地"喵喵"叫起来。

"可怜的小家伙……"露茜尔惊呼起来,"他被这只可恶的暹罗猫吓坏了。我们就要他吧!他看起来是这么的……这么的敏感!"

就这样,在十五只猫里面——也许不是全部都聪明,但全部都是纯种猫——露茜尔挑中了我,杰克逊!是的,杰克逊,尽管露茜尔总是叫我咪鲁,但杰克逊是我的本名,和她常听的一个摇滚歌手同名。我本来更喜欢贝尔或是安纳多尔这种听起来更优雅的名字,但是好像没有什么歌手会起这样的名字。

这天,如往常一样,我从早上开始就舒舒服服地蜷在绿色扶手椅上看电视,看一些实用的小节目,比如园艺类节目呀,天气预报呀,介绍时下的流行歌曲的节目呀什么的。烹饪节目是我的最爱,有个年轻人每次都能用变着花样的小菜把大家馋得口水直流。我当然知道那是拍电视!我可不像那只可怜的绒球儿,以为那些人都住在电视机里。她可太傻了!而我就不一样了,我甚至知道电视节目是靠电磁波传送出来的。这些对我来说都是小菜一碟!

有时候,我也会遗憾自己不能换频道。我的爪子在遥控器上滑过来又滑过去,可怎么也按不到正确的按钮。他们制造机器的时候从没考虑过我们!接下来,演绎浪漫爱情故事的连续剧开始上演,日子就这样"静悄悄地"度过,如同我的露茜尔所说。

终于到了下午,家里的成员一个个地回来了:首先是露茜尔的女儿,淘气鬼鲍琳纳;然后是我的露茜尔,她到家的时间一向很准时;而露茜尔的丈夫雅克回来得越来越晚了——这本该引起我的注意。

工作中一遇到麻烦,他就会把压力转嫁给露茜尔:"老板不满意!如果我不能和'那些州'签下合同,我就惨了……"

他就像是个对商务一窍不通的家伙,"那些州"其实指的是美国。总之,最近这些日子以来,他每天晚上都在不停地抱怨,害得我连电视节目都听不清了。可该来的总是会来!由于这位先生在生意上的无能,我的生活也即将陷入噩梦!

他等到鲍琳纳睡下之后才宣布这个残酷的消息:"我被调到……外省的一家工厂……一周后,我们就得搬到博斯区的格勒内维尔去了……他们居然这样对待我!"

我都不敢去看露茜尔的表情了。

"他们已经在厂子旁边给我们准备了一所房子。"他小声咕哝道,"看起来还算漂亮,但不太现代化,连电视天线都没有……"

我浑身的毛都竖了起来。博斯区的格勒内维尔没有电视天线?怎么会有这样的地方呢?!我都想大喊出来了:"喂!喂!这可是二十一世纪!互联网都有了!这是多媒体时代!醒醒吧你们!"但很快,我躲在胡须后面偷偷地笑了。我的女主人一定会对他说:"你自己去做乡下人吧,别带上我们!去把你自己关在密林深处的小屋里吧!"

我竖起耳朵,却听到露茜尔抱住他的肩膀对他说:"别担心……我们不是总说要改变生活吗,没准儿这次就是我们的机会……"

我跳了起来,"喵喵"大叫,在她的腿上磨来蹭去,甚至像山沟里的野人一样蹿上了桌子。可露茜尔却根本不懂我的意思。

"下来,杰克逊!"

跟着,她露出了迷人的笑容,对他,也就是雅克说道:"要是没有电视反而更好！我们就不会总是坐着不动了。这可是梦寐以求的戒掉电视瘾的好机会呀！"

戒掉电视瘾？！

这天晚上，我碰都没碰露茜尔给我做的炸丸子，我的胃里像是被装进了一块大石头，沉甸甸地压在胸口上。我在沙发上不停地翻过来掉过去，直到第二天清晨才迷迷糊糊地睡着。晨光透过窗帘，洒在了我的身上。

第一章

流浪猫布吕斯

从刚到这个家的那天起,我就讨厌淘气鬼鲍琳纳。一连几个月,她不停地摆弄我、搂抱我、摇晃我,给我搞出一些稀奇古怪的装扮。她会把我放在洋娃娃的床上睡觉,还会把我塞进种花的小推车里,由她推着到处散步。如果这位小姐要扮护士,谁会像木乃伊一样被她缠上绷带呢?当然是我!如果小公主玩过家家的时候要做饭,在碗里倒上一勺面粉、一大勺果酱,再撒上两遍胡椒粉,谁又来替她品尝呢?还是我!我真该狠狠地用爪子挠她一下,好让她的游戏马上停止。

可就在雅克宣布要搬去博斯区的格勒内维尔的第二天,我几乎对她改变了看法。

"我不去!我永远都不要离开这儿!"

我正在自己的软垫上小憩(那是由成块的花种和柠檬香料填充而成的软垫),就听到鲍琳纳发出了歇斯底里的喊叫声。

"嗖——"

装着玉米片的碗飞向了厨房。

然而,我的女主人温柔地给鲍琳纳又盛了一碗,对她十分宽容。

鲍琳纳反复叫嚷着她的小伙伴的名字:克罗艾、奥莉维亚、马尔果,因为她觉得自己这辈子再也见不到他们了。我应和着她,也像个疯子一样"喵呜喵呜"地大叫着。

"都是因为你们,我得换学校了!我会变得什么都不是!"

无论是她的爸爸还是妈妈,都没敢对她解释说变化不会那么明显。

"都是因为你们,我再也见不到外婆了!"

"喵呜!喵呜!"

"把杰克逊关起来!"雅克大发雷霆。

露茜尔的神情十分沮丧。我闭上嘴,等着她去给我拿齐德帕牌猫粮。

"外婆会来看我们的,而且你也可以邀请你的朋友们来!我们去的地方不算很远……"雅克骗她说。

五百公里还不远?!这个伪君子昨天已经说得很清楚了。去看看有没有柏油路直通博斯区的格勒内维尔吧,肯定只有那种土路!我可知道那种路长什么样子,每届巴黎-达喀尔拉力赛[1]的电视转播我都不会错过的。

小家伙哭了,这拉近了我们之间的距离。我甚至允许她用手抚摸了我。他们答应给她买一个新的芭比娃娃,还许诺说看电影时给她买爆米花,但都没什么效果。

---

[1]著名汽车越野拉力赛,大部分赛段远离公路,参赛车手需要穿越沙丘、泥沼、草原、山地和沙漠等险峻的地形。

快八点的时候,他们照例出门去上班和上学。鲍琳纳拖着书包,还在吸着鼻子。

终于,门"砰"的一声关上了,寂静占领了房间。这一天度日如年,因为我的女主人忘了帮我插上电视机的电源插头。我美好的旧时光,还没等离开巴黎就已经结束了。

几个小时的时间里,我的脑海中翻涌着各种灰暗的念头,搞得我自己头昏脑涨的。露茜尔、格勒内维尔、电视机、齐德帕牌猫粮、外婆……我感觉很难受。我,咪鲁·杰克逊,以前做任何决定时都很果断,现在却沦落到了这种境地。看来,我得找别人谈谈这事,比如那些有经验的猫。

我焦急地等待着鲍琳纳回来。时光是如此漫长。她刚一进家门,嗖!我一下子从她脚边蹿了出去,一直上到公寓楼的三楼。那只蠢笨的虎斑猫隔着一道门回答我说:"如果我是你的话,我也不知道该怎么办,杰克逊……你还是去问看门女人的腊肠犬吧!"

他让我去问一条狗?!我有些明白为什么虎斑猫的主人会

打发他去阳台睡觉了。

那条只听收音机的腊肠犬曾经陪着他的女主人来我家送过包裹,当时,他还嘲笑过我。

"对我来说,图像会影响我集中精神……"他在看见我的电视机时,低声说道。

我正在观看一部关于科雷兹省猪肉店的、很有趣的纪录片。

"很显然,"他接着说道,"有了这个,就再也不会动脑子了……"

我冷笑着回道:"是呀。那你呢,傻瓜?你恐怕连脑子都没有吧!"

自那以后,我们俩就一直躲着对方走。

在公寓楼二楼,那只橙红色的母猫悄悄对我说:"你什么都不用担心。十五年来,我的主人每天都说要离开,但一直还在这里……"

"这次可不是开玩笑。"我强调说。

"那你就该跟着他们！主人就是主人！"

我一言不发地离开了。大家不是说猫很独立吗？

独立。

这个词让我浑身一抖！对了……布吕斯！所有猫里面最独立的一个，街区流浪猫的"大佬"！布吕斯不属于任何人，他是浪迹街头的流浪猫，对于我们这些楼里的猫来说，他有几分像神话，但更像个传奇。每只猫都在谈论布吕斯，但只有极少数猫真正见过他。反正我没见过。据传闻说，他的大本营在本地的垃圾场。

我从未离开露茜尔单独走这么远过。强烈的消毒水味道也掩盖不住那股垃圾的臭味。还未等垃圾场的大门关上，我就已经开始怀疑自己到底来这里干什么了。这是个阴暗的地方，许多倒空的垃圾桶像怪物一样四处滚动。我犹豫不决，不知道自己是该待在原地，还是要赶紧躲藏起来。四周充斥着机器的轰鸣声和汽笛声，我的爪子紧紧地抓着地。突然，垃圾桶中传来了塑料袋的呻吟声。我再也不敢动了。

"谁允许你进来的，小胖子？"

是布吕斯！他像幽灵一样走了过来，和我想象中的一模一样：举止粗鲁，瘦得皮包骨头。他跳到了我的上方。

"你打算在我的地盘上干什么？"

"我……我叫咪鲁，咪鲁·杰克逊……"

"所以呢？"

可没有人为了保护扶手椅给布吕斯剪过指甲。

"我需要你的帮助，想要一个建议……"

"好！"布吕斯发出了刺耳的叫声，"你拿什么东西和我交换？"

我能请他去看电视吗？给他介绍露茜尔？

"我能……给你几个炸丸子……"

他稍稍放松了点警惕。

"或者……也许……牛奶……诺曼底牌牛奶？"

"去掉'也许'，小子，这样我就能听你说了。"

"我……我大胆来这里找你，是因为我和我的主人发生了点问题……"

我告诉了他一切——露茜尔、格勒内维尔、电视。

在长久的沉默之后,布吕斯开口了:"这是你的运气,小家伙!抓住机会,逃走!看看那些人都对你做了些什么呀!一个猫的空壳,里面装着一条蠕虫,就像客厅里的一块软垫子!还有那唠叨的电视机,吵得人头都晕了!你该去过真正的生活,小子!"

我觉得他没有完全明白。

"不,布吕斯,他们没有束缚我,我真的很喜欢这种舒适。"

他大笑起来,嘴里缺了几颗牙。

"'他们没有束缚我',你说得真搞笑!是你的小电视机教你这么说的？你什么都不懂！但这样很好,你逗得我很开心！好吧,我建议……今晚,我带你去城里转一圈,会会我的哥们儿。如果你喜欢,就留下！不管怎样,算我请客！"

布吕斯太强壮了,吓得我不敢对他说露茜尔会担心的;他剩余的牙齿又那么尖,吓得我也没敢告诉他,我不怎么喜欢黑夜。

第二章

另一个世界

这太令人惊异了！此刻我眼前的城市，和电视里看到的完全不同。

楼房、街道、灯光，这些我都见过，但是那让我汗毛根根直立的清凉小风，那直呛鼻孔的汽油味，还有那些人，那些掠过我们头顶的鞋子，我却从未见识过！

我们来到一条大街上。这里的楼房比我家那儿的更高，街道的两边栽种着高大的树木。汽车横冲直撞,喇叭不停地叫唤。布吕斯用余光瞥着我,露出嘲讽的微笑:"怎么样,决定了吗,嗯?"

如果他想说的是"这地方不一般吧",那我承认,是的,没错。

"决定了!"

"你还什么都没见到呢!"

在人行道上漫步,没有一个人注意我们。我想去哪儿就去哪儿,没人对我说三道四。我跳上长凳玩耍,又跑进花丛撒欢儿。布吕斯看到我这么开心,笑了起来:"去吧!踩上去!把它们踩碎!那边!是的,那些蓝色的!撞倒它们!"

没有人跳出来说"不"。哪怕小小的一句"杰克逊,别上床""杰克逊,从椅子上下来"都没有。这种感觉很奇怪:我在城市中微不足道,却又无比高大。

"从那边走!"布吕斯叫道。

我们拐进了一条小胡同。他指给我看一排栅栏,我读出了上面的字:"禁止张贴广告。"

"你识字?!"布吕斯惊讶得跳了起来。

我不想在他面前显得傲慢自大。

"好吧,你知道……两年中我每天都看《数字和字母》节目……我也就会这些了……"

"那又怎么样!"布吕斯转换了语气,"你越来越讨我欢心了,小家伙。来,从这些木板中间穿过去……"

我们来到了另一个世界。我不清楚人们是在建造还是在拆毁这栋楼房,反正这里已经成了一个令人难以想象的"大集市",有石块、房梁、机器,还有数量惊人的猫,就算是在塞纳河边的宠物店里,把狗都算在内,也没有这里的多。

布吕斯把我介绍给其中一些猫。他不停地重复说:"这是杰克逊,楼里的猫……"

一些对我还算感兴趣的猫懒洋洋地点点头,其他的甚至连看都不看我一眼。布吕斯开始给我推荐吃的东西,我却很担心。这些食物——如果可以称作食物的话,可能是从垃圾堆里捡来的,上面的细菌可能比任何一间实验室里的都要多。然而,我不能让自己显得过于另类。即使吃这些东西很容易感染上沙门氏菌和鼠疫杆菌,但比起惹恼布吕斯和他的同伴来说,危险还是要小得多。

布吕斯还给我挑选出了"最佳"部分,那是半截儿黏糊糊的、已经发黑了的红肠,上面沾着些碎石块,还有些我根本认不出的东西。

"这能比得上你的电视机了,嗯?"布吕斯打趣说。

"哦……是的。"

我变了。真是出人意料,我曾经是那么害怕生病。但这并没有影响我的情绪。

在三只正在吞食绿色残渣的猫身边,一只黑色的小母猫正讲述着她的好运气。

"你们吃吧,我早就不饿了。"她边说边做鬼脸,"我更喜欢和比萨饼店送外卖的年轻人待在一起……我在他的红色摩托车边上等他,向他讨好卖乖。每次出门的时候他都会打开比萨饼盒……嘿!他会给我撕下来一小块火腿或是凤尾鱼!"

"哈!"布吕斯吹了声口哨儿,"你每次都是正好赶上呀!"

"是呀!"小母猫神气活现地说,"客人们可不知道少了一小块……它们在这儿呢!"她拍着圆滚滚的肚子,骄傲地说:"直接进了咪咪的肚子了!"

"哼,我可不喜欢意大利菜。"一只高个儿瘦猫嘀咕道,"我最爱吃鱼。"

他刚吃完一条沙丁鱼的鱼头,双眼紧盯着鱼尾,一副贪婪的样子。

打了长长的一个嗝儿后,他目不转睛地盯着我的脸,问:"谁把他带来的?这个杰克逊!"

他身上有某种疯狂的特质。

"我……是布吕斯……"

"是的。"布吕斯向疯子猫解释说,"杰克逊的主人要把他带到乡下去,他不知道怎么办好,因为他再也看不了电视了。简单地说,杰克逊想要些建议!"

猫群开始惊讶地窃窃私语。

"去乡下?"那只叫咪咪的小母猫大叫起来。

"我曾经去过一次。"一只虎斑猫说,"真令我难以忍受!"

"那我们为什么要帮一只宠物猫呢?"疯子猫突然问道,"他们帮过我们吗?这群爱吃维生素罐头的肥佬!大冬天他们趴在软绵绵的靠垫上时,有想过我们正在挨饿受冻吗?"

"是呀!是呀!"其他猫有节奏地高呼起来。

然后,他们慢慢靠近我,一步步地逼近。

第四章

两个名字

"慢着！慢着！"布吕斯出来调解。

其他猫继续号叫着。布吕斯打量着他们，神情古怪，又透着一丝神秘。

"你们想吓唬一只宠物猫？可你们不知道一个小秘密……杰克逊会……识字！"

咪咪又尖叫起来。疯子猫也呆住了。工地上静得吓人。

"布吕斯,过来……我们得谈谈!"疯子猫命令道,看来他确实是群猫的头领,"我们有些事要决定。"

我独自留在原地。其他猫假装没在看我,但我从未像此时一般感受到身上集中了这么多的目光。

"咳!咳!"其中一只咳嗽起来,"我们来一把吧?"

"嘿!我还没吃完饭呢!"虎斑猫反对说,嘴里还在嚼着类似鸡爪的东西。

"别再胡吃海塞了,你要变圆了。"咪咪"扑哧"一声笑了出来,"来吧,小伙子们,这是个好主意!我们走吧!"说完,她给我递了个眼神,我明白她把我也算在"小伙子们"里面了。

我们攀上了楼房的高处。攀,对,就是这个词。楼梯不知道是已经被拆了还是还没建好,楼道里只有几架梯子和一些摞起来的沙袋。突然,在最高一层,就在"悬崖绝壁"的旁边,他们蹿上横梁,排成了一队。布吕斯和疯子猫也加入了进来。

"你马上就会看到最精彩的节目,杰克逊!"布吕斯向我喊道,"这可不是电视里会有的!走喽!"

由疯子猫领头,他们从一个屋顶跳到另一个屋顶,不停地在空中跳跃、滑翔！他们沿着屋顶的斜坡冲出去，一旦身体失去控制停不下来，就用爪子紧紧抓住任何能抓住的地方。我从没见过这样的绝活儿，除了在动画片《猫与金丝雀》中。

"你来吗，杰克逊？"布吕斯抛下一句，"来吧，杰克逊！"

我看不到他的影子，只能听到一把远去的声音。

"杰克逊！来呀，大胆一点儿！"

"好，嗯……"

"我去找你！"

"谢谢……不，还好……还好……"

我小心翼翼地从屋顶上滑下来，尽量不弄伤脚掌的小肉垫。我很紧张，但努力装作若无其事。我听到他们一直在我身后大笑，不断地在房顶上跳来跳去，震落了好多碎石块掉在我身上。

等他们都下来后，虎斑猫便开始嘲笑起来："看哪，他在那儿呢……我不晓得他识不识字，但他肯定很没胆儿！胆小鬼杰克逊！"

"喂！"布吕斯一掌打过去，把虎斑猫掀翻在沙堆上，"咱们可不能这么没完没了地针对一只会识字的猫!"

但这并没让我高兴起来。我可不喜欢使用暴力,除了想要反抗那个淘气鬼鲍琳纳的时候。我轻声询问:"'山沟'是什么东西?"

"'山沟'就是乡下。"一个温柔的声音在我身后响起。

那是一只白色的母猫,月光一样皎洁的白色。

"随他们去吧。他们经常互相嘲讽,打来打去的,这并不是坏事。大伙儿都不容易,"她接着说道,"或多或少都有些神经兮兮的。"

我们相距几步远的距离。

"您住在这里?"

这问题很白痴,却是我唯一能想出对她说的话。

"这里或是其他地方。在这个工地上人们还能容忍我们,等到居民住进来,我们就得'跑路'了,他们会嫌野猫不干净……"

她打了个寒战,一边走一边灵活地绕开了地上的障碍物。

"其实,您和我一样,您也是搬家……"

她微笑了一下:"居无定所怎么能叫搬家呢?"

我可真是个大傻瓜！这些猫生活在瓦砾堆中,不知道哪一天就会被抓到收容所去,而我却对着他们唉声叹气,哭诉人们要把我的绿色扶手椅和齐德帕牌猫粮盒搬去外省！看,我就是这样一个自私鬼！我满脑子想的只有我自己。我,咪鲁·杰克逊,自私大王！我想向那只月白色的母猫表明,我也很关心她。

"那……您叫什么名字？"

她用爪子做了个漂亮的姿势,然后回答我说:"我没有名字,我从没被收养过。"

"但布吕斯也是个名字呀,他不是也没有家吗？"

"布吕斯不一样,他的主人在抛弃他之前就这么称呼他。你呢？你的名字叫什么？"

"杰克逊……咪鲁·杰克逊……"

两个名字！我突然意识到我有两个名字！两个名字都是我,平常叫咪鲁,挨批的时候叫杰克逊。两个名字都是露茜尔给我起的,那个我想离她而去的女主人,那个现在可能已经泪流成河的女主人。我都想给自己一巴掌了,我这个没心肝的大毛球！最忘恩负义的家伙！

我转过头，再也没敢看那只月光般皎洁的白猫一眼，也没敢再和她说一句话。我太羞愧了，径直朝着栅栏跑去，一边跑一边听到布吕斯在身后喊道："别跑！回来！"疯子猫也在喊："杰克逊，回来！我们得和你谈谈！"但我还是一路跑回了自己的楼，自己的家，回到了露茜尔身边！

第五章

外婆来了

我是利用雅克堆在阳台上的一堆杂物跳回到房间里的。雅克管那堆东西叫"最辛苦的活儿",但我们私下里说,这就是他唯一干的事情。露茜尔立即发现了我,把我抱起来不停地爱抚。而我呢,假装看不懂她的激动,摆出一副心不在焉的样子。一逮到机会,我就重新跳上了扶手椅。布吕斯若是看到,肯定又会说我像一块软垫子了。唉,随便吧!比起做一只在房檐上耍杂技、吞食长满细菌的东西的流浪猫,我宁愿给露茜尔当靠垫。

现在,我心意已决,便安静多了,几乎可以说是泰然自若。我故意转过身,背朝着电视机,以免自己继续无谓地痛苦。我尽量不去思考,终于进入了梦乡。

大清早,我被一声突如其来的、响亮的门铃声吵醒,紧接着又是第二声。雅克只穿着内裤就跑向了门口。他打开门,惊讶地看到来人竟然是鲍琳纳的外婆。

"外婆!"雅克叫道,"天还这么早……"

"早?已经七点了,我的好女婿!我觉得这个时间你肯定在家。我想知道你会放弃搬家的古怪念头吗?"

"外婆!"雅克一脸怨气地低声说道,"您知道我别无选择……"

"哦,行行好吧!"她叫了起来,"别再叫我'外婆'了!我有那么大岁数当你外婆吗?难道我看上去像是已经一百岁了?!"

当然不,她可不像。你看,她一下子就把笨重的旅行包丢到了沙发上。

"您要留下来……过夜?"雅克焦虑地问。

"我当然要留下来！而且还要一直留到搬家的时候！我得好好帮帮你们，像你们起得这么晚，怎么可能忙得过来！"

雅克张开嘴想说点什么，但却被走廊里的叫声打断了。

"妈妈！"

"外婆！"

"我的宝贝们！"

这一周，日子变得十分难熬，特别是对雅克来说。我也或多或少地受了点苦。白天呢，我都缩在绿色扶手椅上，只在吃饭的时候才会下来，吃完后立刻又上去。雅克和露茜尔在屋子里跑来跑去，忙着收拾行李。鲍琳纳则待在自己的房间里跟父母赌气，或者干脆大发脾气，这要视情况而定。反正不管怎样，她都有外婆撑腰。

"你们也要理解她，她只是个小丫头……"每当鲍琳纳的哭声响起，预示着即将来临的远行，外婆伊丽莎白都会甩出这样的话来。

这只能让情况变得越来越糟。

临行前的傍晚，就在我的女主人手忙脚乱地不停念叨说她永远都收拾不完的时候,外婆伊丽莎白玩起了拼图游戏。那是一幅一千五百片的拼图,拼的是蓝色海岸地区的绝妙风景,难度相当大,由各种深浅不一的蓝色组成。雅克正在同一张桌子上给玻璃杯打包,突然之间,他就发起火来。

"拼图!"他大喊道,"伊丽莎白,现在不是玩这个的时候吧?!"

"怎么了?"外婆反驳道,"总得让我的鲍琳纳分散下注意力,而不是总想着这可怕的搬家吧!她可是再也见不到她的朋友们了,小可怜儿!"

"停下,伊丽莎白!"雅克吼道,"立刻停下,不要再拼了!现在就请你直接回悉尼去!我发誓我永远也不会向你认输!"

他转身走回房间,"砰"的一声将门甩上,直到晚饭时才出来。在这之前,我的露茜尔安抚了外婆,也安抚了鲍琳纳,让她们都平静了下来。晚餐变得危机四伏,再也没人注意到我。鲍琳纳来回地看她的爸爸和外婆,忘记了不吃饭会让他们担心。

　　在那一刻,我无比担忧这个家将会如何度过在这里的最后一天。可我所不知道的是,最后一天其实已经过完了。

第六章

搬运工

清晨,壮汉们到了。

"七点钟!这可不是吵醒体面人的时间!"外婆伊丽莎白抱怨道。

"妈妈,您愿意去鲍琳纳的房间里陪她吗?"我的露茜尔一边问,一边把她推向走廊。

搬运工们已经把毯子扔到了家具上。

他们的效率可比雅克的高多了。四十五分钟之内,他们已经搬空了客厅。当他们去搬电视机时,露茜尔阻止道:"把它留给看门的女人吧……已经说好这么办了。"

我情不自禁地哀叹起来。那条白痴腊肠犬就要继承我漂亮的电视机了!

突然,我的扶手椅开始前后颠簸起来。

"走吧,让开这儿,你这只猫!"穿白色 T 恤的男人命令我说。

"哦,这张扶手椅,请最后再拿吧。"我的女主人对他们说。

他们把我连着扶手椅一起放回到原地。

几个来回之后,整个屋子差不多都搬空了。"白色 T 恤"喊道:"放下吧,诺柏尔,只剩下它了,我一个人能搞定!"

真正到了收尾的时刻。我"喵呜喵呜"地叫着,乱抓乱挠,像疯子一样吐着口水。走到楼梯转弯处时,淘气鬼帮了我的忙。她一只手紧紧抓住我的扶手椅,另一只手抓着外婆,然后开始在地上打滚儿,发出尖厉的哭声:"哇!救命啊!外婆!"

邻居们听到声音后纷纷赶来,但是这些叛徒却帮助雅克拽开了鲍琳纳。搬运工趁机全速冲下楼梯,把我们搬了下来,"我们"指的是我和扶手椅。然后,他们把我们丢在人行道上,不再理会。

我的耳朵里充斥着汽车喇叭声。装载了一半车厢的卡车堵住了街道,家具散落得四处都是。

"叫一下那位太太!"搬运工和他的同伴说,"让她管管这只肮脏的猫。要是它再敢挠我,我就给它点颜色看看!"

他揉着自己的脸颊,不像是开玩笑的样子。我把身子团成一个球,等待着。

"看起来今天可是个大日子呀!要去乡下转一小圈了?"一

个声音响起。

就在那里,在道路禁行标志和冰箱之间,我认出了那只高瘦的大猫——那个疯子。他并不是独自一个,他身边还有布吕斯和那只月白色的母猫。

"不认识啦?"布吕斯说道,"我都等了你一个星期了!你竟然从不踏出屋门半步!我们是来找你的!"

"对他说话和气点……"月白色母猫低声责备道,"你没看见他病了?!"

她跳上了扶手椅:"杰克逊,我真怕你已经走了!昨晚我们被工地上的人赶得团团转,真恐怖!他们有狗……他们还抓走

了虎斑和咪咪……"

在这样糟糕的一天,能够听到她的声音,即使是悲伤的口吻,我也仿佛看到了夕阳西下的美景,就像电影《迈阿密海滩》片头里的一样。

"你们等会儿再互诉衷肠……"布吕斯打断了我们,"看,他们又回来了!"

"哇……"鲍琳纳还在楼内的大厅里哭闹着。

"勇敢一点儿,我的小可怜儿,勇敢一点儿!"外婆伊丽莎白不停地对她说。

"跟我们走吧,杰克逊,来吧!"布吕斯说道。

"不可能。"

这一刻,我还是更想去乡下和露茜尔待在一起,而不是离开她,四处为家。

疯子猫逼视着我:"我没有时间跟你解释,服从命令!你得跟我们走!"

对我来说,一个早上发生这么多事,真让人承受不住。我用爪子紧紧抓住扶手椅,然后闭上了眼睛。我听到搬运工们加快了节奏,家里人还在争吵不休,布吕斯和小母猫则在一旁窃窃私语。

"上卡车!"疯子猫突然命令他们说,"把杰克逊给我带回来……要活的!"

直到感觉露茜尔走了过来,我才松开了扶手椅。她把我带上了汽车。我看着眼前发生的一切,脑海中一片空白。外婆伊丽莎白走回了楼里,比往日精神抖擞的样子差了许多。一些邻居在挥手告别。卡车的后门终于关上了,车里装载着布吕斯、月白色母猫、我们的家具,还有我全部的旧日生活。

第七章

停车,爸爸!

我们出发上路了,卡车跟在我们后面。

汽车这东西我并不讨厌。我可不像有些同类那样,需要包裹上湿毛巾,不然就会脱水,像垂死一样地喘息。不,我一点儿都不难受,令我厌烦的原因只有一个——鲍琳纳。刚开始,她还只是抓紧那块哭闹时到处乱扔的手帕,像只战战兢兢的小老鼠,但刚一看到驶离巴黎的路标,她就立刻发出了一声哭号,等到了高速公路收费站时,她更是毫不掩饰地大哭起来。

雅克和露茜尔不停地重复着"好啦,好啦",而且还变着花样地、不停地向她讲述他们将要在博斯区的格勒内维尔见证的奇迹。

"你会有间大卧室!"

"还会有个游戏屋!"

"还有漂亮花园!能在里面跑步!"

突然,鲍琳纳停下不哭了。她脸上那种古怪的神情,我还是小猫咪的时候就领教过了,一旦她想出什么我不喜欢的坏主意时,就是这副样子。

"地方真的很大?"她问道。

雅克非常高兴她能安静下来,几乎喊着说道:"大得你想象不到!"

"巨大无比!"露茜尔笑着补充道。

鲍琳纳不慌不忙,然后清清楚楚、一字一句地说:"大到能养条狗?"

我从汽车后座上掉了下来。雅克肯定也和我想的一样,因为车子突然驶偏了一下。露茜尔的笑容也收回了大半,她叹了口气,说:"为什么不呢?你觉得呢?"

鲍琳纳使劲用鼻子吸着气,无疑是在提醒大家,如果她想的话,随时都会再哭起来。

"唉,那好吧,去弄条狗!"雅克让步说,"但是现在你得歇一会儿,我的小宝贝,让我安心开车,路上车很多……"

寂静占据了车厢,只有马达的声音在响。我没有重新爬上后座,依然趴在地上,至少这样我就不会再掉下去了。我现在想做的只有一件事:睡觉!只有睡觉能让我忘掉一切,哪怕只有一小时。

我睡着了,做了个奇怪的梦:我独自待在田野上,天空是血红色的。突然,草开始生长,不停地长,在茎叶的顶端,鼓起了一个个头。那是无数的布吕斯!长满布吕斯的田野!他们张开血盆大口,用阴森可怕的声音叫道:"山沟!山沟!"疯子猫也飞着来到这里,巨大的身形在我头顶上方盘旋、盘旋,然后突然俯冲了下来——

"啊!家犬中心!"

我被一声刺耳的尖叫惊醒。

鲍琳纳跪在车后座上,不停拍打着玻璃窗。

"爸爸!停车!爸爸!"

我本来能睡很久的,脑子还没完全清醒,但我还是立即跳上了车后备厢的搁板,往窗外看去。我们刚刚开过了一个农场。

我只能认出标牌上的头几个字:"圣乔治家犬中心,杜宾犬……"

杜宾犬!

"别太过分,我的小宝贝。"雅克说,"已经答应你了,你会有条狗,但是得先让我们开到那儿,已经不太远了。"

"然后来条杜宾?"露茜尔说,"这狗是不是有点儿太凶了?"

我"喵呜喵呜"地叫着。我是多么赞同她的话呀!

雅克忍不住笑了:"你看,鲍琳纳,连杰克逊都喜欢小一点儿的狗。"

"这事可不该让只白痴猫来决定!"小姑娘反驳道。

"那也得考虑到他呀。"露茜尔温柔地说,"我可怜的小咪鲁,他对将要来临的事应该还一无所知呢……"

"拿走他的扶手椅和电视机已经够让他难受的了!"雅克打趣道。

"去乡下对他来说可是个不小的打击。"露茜尔又说,"想想看吧,离我们最近的邻居都是些农户,可杰克逊从没见过奶牛,也没见过母鸡和马……"

"喵呜!"

雅克从后视镜里盯着我:"看他那个呆瓜样儿,就像刚见到了外星人!"

这下,他们都笑了,连鲍琳纳也不例外。可恶!我本想为"白痴猫"和"呆瓜样儿"生气的,但缓和下来的气氛让人身心放松。而且,我刚刚还见证到,露茜尔对我的感受并没有无动于衷。这很重要,这就是尊重。

第八章

一所"不太现代化"的房子

"还算漂亮,但不太现代化",这是雅克曾经说过的话。好好看看吧!至少有一半是谎言。

房子倒是不难看,紫色的小花爬满了墙面。但"不太现代化"……糊弄谁呢?!"不太现代化"至少应该是"多少也有点儿现代化"不是吗?!

谎言!

从见到花园那扇锈迹斑斑的绿色栅栏门时起,你就会意识到,不需要乘坐时空穿梭机,你就可以一下子跳回过去,只需要推开眼前这扇栅栏门就够了!

我们驶过一段可笑的灰色石子儿路,那些石子儿在轮胎下嘎吱作响。房子外面栽种了一圈灌木,那里面应该藏有大量危险的食人兽和爬行兽。这里没有人行道,没有排水沟,没有路灯,除了野草,一无所有!

由于地上没有画泊车线,人们可以随便把车停在哪里。露茜尔、雅克和鲍琳纳急匆匆地下了车。我的女主人走在最前面,拿着一把古老变形的钥匙,打开了一扇同样古老变形的大门。我呢,待在后座上一动不动!他们马上就会明白,别想让咪鲁·杰克逊踏进这座野草丛生的花园半步,连一只爪子都不可能!同意住进那所"不太现代化"的房子里我已经够通情达理了,他们要是想让我踏进这个原始人的山洞,除非是抱着我!

"我来拿那个袋子!"

"不,放下吧,亲爱的,它太重了!"

他们一件接一件,不紧不慢地从后备厢中取出一些东西。

没有一个人想到我！我听到他们发出了兴奋的、快乐的大叫。甚至，连鲍琳纳都去花园里探险了。她高兴地朝他们喊着："快点！快点！来看哪！这儿有架秋千！"

这时候，卡车到了，它不偏不倚地停在房子前。搬运工们下来喝水解渴，然后便开始卸载家具。在雅克的帮助下，他们从卡车上卸下了黄色的长沙发，而我在车厢深处看到了布吕斯和那只月白色的母猫！等人们一进屋，他们就立即跳到了石子儿路上，甚至都来不及看我一眼，就钻进了灌木丛里。

后来，很晚很晚的时候，露茜尔才想起了我的存在。夜色降临，箱子都堆进了屋里，当露茜尔抱着我跨过门槛时，搬运工们也离开了。

"我的咪鲁！"她对我说，"我把你忘掉啦！"我做出生气的表情，满脸责备。

和想象中的不同，这里并没有散发什么霉味，而令我大吃一惊的是屋子里竟然有电。我的女主人把我放在窗前的绿色扶手椅上，我可受不了过堂风！为了让她担心，我拒绝去碰炸丸子。这一天我可是受够了,我宁愿假装睡觉。在她爱抚我的时候,我也尽量小心地不发出舒服的呼噜声。

他们上楼去了。

"像露营一样!"露茜尔高兴地说。

"我太——喜欢啦!"淘气鬼鲍琳纳大喊道。

我独自一个,非常孤单。

仿佛故意嘲弄我一样,在我的扶手椅前,摆着一个电视柜,上面空空如也。

"不,特雷布松太太……"露茜尔在把电视机送给看门女人时坚持道,"收下吧,反正我们也用不上了!那边没有天线!"

"你们可以装个卫星接收器呀!"

天哪,我当时立刻就想亲吻她!连腊肠犬的主人都知道有这种东西!

"我告诉过您了,我们想戒掉电视瘾。收下吧,它确实要比您家的好!"

比她家那台强得不是一星半点儿!高清、宽屏、立体声、磁带录像机、杜比数码集成……所有这些都便宜了那条可笑的狗,而他只会用一只耳朵来看,真是暴殄天物!

是的,我非常孤单,就连淘气鬼都没露出半点儿生气的样子。我双眼盯着电视柜,真想随便看点什么,哪怕是重播了上百遍的钓鳟鱼纪录片。许久之后,我的眼皮垂了下来。

在黑暗中,我更能分辨声响。我听到百叶窗"咔嗒"响了一声,然后是一些笑声,接着,四周慢慢安静下来,什么声响都没有了,既没有楼里的邻居晚归时电梯"嘎吱嘎吱"的声音,也没有洗碗机超载后的"啵啵噗噗"的声音,更没有冰箱重新启动时的"嗡嗡嗡嗡"的声音。几个小时里,万物寂静无声,直到某种声音响起,清晰而迫近。

无论什么人都能猜出,这间肮脏简陋的小屋肯定会有家鼠,甚至是田鼠造访。这种生物到处都有,即使是在巴黎!我试着数清他们,分辨不同的磨牙声。突然,不知为什么,我想起了露茜尔常给鲍琳纳讲的一个童话,关于一只城里老鼠和一只乡下老鼠的童话。我不记得故事里到底发生了什么,只记得那两只老鼠特别不一样,一只瘦小,另一只则强壮得天不怕地不怕。那强壮的是哪个呢?当然是乡下的那一只!农场里食物充足,博斯区的格勒内维尔的老鼠肯定会越长越胖,变得巨大无比,几乎可以说是变异了!他磨牙的声音更大,从柜子后面一直传到了我的扶手椅旁边……是的,就在那儿!他肯定已经把同伴吞进肚里了!连布吕斯和月白色母猫都有可能被他吞掉,剩不下什么东西,也就一小堆骨头,还有一撮毛……近了,更近了!我深深地陷进椅背和靠垫之间,惊惶万分。

"喵呜!"

我觉得有人拿走了我的靠垫,然后紧紧抓住了我。我没有

被咬,也没有被挠。我浑身都僵住了,甚至没有分辨出她的气味。

"来和我一起睡吧,我的杰克逊……"鲍琳纳轻声对我说,"新家让人害怕,对吗?"

我大喘一口气,险些心脏病发作。他们带我来乡下真的快把我逼疯了,我已经开始胡言乱语了。我从来都没想到过,有一天,自己会因为被淘气鬼抱进怀里而如此高兴。

第九章

蹬腿、屈腿！

从此我再不离开她的身边。

八点钟,当鲍琳纳跳下床,我也跳了下来;八点零二分,当鲍琳纳跑进她父母的房间,我跟着跳上他们的被子;当她饿了的时候,我也下楼去厨房吃我的齐德帕牌猫粮,而且老实地待在椅子底下,尾巴灵巧地缠住她的脚踝,甚至他们没用我的盘子给我盛猫粮,我也没有反对。我的那只蓝色镶白边的专用盘

53

子,据露茜尔说,搁在纸箱里的什么地方,现在还拿不出来。

"但是杰克逊他怎么了?"雅克惊讶地问,"他好像再也离不开鲍琳纳了。"

"他现在喜欢我!"小姑娘叫道,"他还和我一起睡觉呢!"

这并不是真的出于爱,倒像是出于生存的考虑。但是如果这样能令她开心,那又有什么关系呢?我就是想要她来保护我,而且过去的经验告诉我,鲍琳纳也会变得很凶悍的。反正不管怎样,六岁的她肯定比格勒内维尔的任何一只老鼠都要大,哪怕是变异的。所以,不用惊慌。

她刚刚大口吞下面包片,就站起来嚷嚷:"我要去外面玩!"

我可没想到这点。我刚选好了自己的保镖!幸好,她把我抱了起来。

"来吧,我的杰克逊,我带你看看花园去。"

这里杂草丛生,绿树成荫。

和往常一样,小家伙一直说呀说呀,片刻不停,芝麻大的小事她都能说得我头昏脑涨。自鸣得意的她看似很懂植物学,其实二频道的科普节目她一次都没看过。

"嗯……那里,你看,杰克逊,那是一棵树,长着树枝和绿叶!"

好,那就看吧……

"嗯……那边,是一朵花,花瓣是红色的……"

当然,我装出了一副十分感兴趣的样子,我可不想她把我放回去。

"喵呜?"

"哦,这个?"她用尖细的嗓音回答我说,"这是爬藤玫瑰花,是非常稀有的种类。"

我的天哪,这可真让人郁闷!我的露茜尔作为女主人是一流的,可是作为母亲就马马虎虎了。她真该强制女儿多看看科普节目的!

鲍琳纳很快就厌倦了假扮老师的游戏。她有了新主意。

"你喜欢荡秋千吗,杰克逊?"

还没来得及反对,我发现自己已经紧挨着她坐在了木板上,身子靠着绳索,脑袋夹在她的臂弯里。

"你会知道有多好玩儿的!"

她用力一跃。

"哟呼!"

我觉得齐德帕牌猫粮一下子反到了我的嗓子眼儿里。

她一边有节奏地唱着,一边做着相应的腿部动作:"蹬腿、屈腿!蹬腿、屈腿!我们会飞上天的,杰克逊!"

才一个来回,我们就掠过了丁香花。"蹬腿、屈腿",我看到了整个花园;"蹬腿、屈腿",我飞了起来,翱翔在树顶。她喊"杰克逊",我回应她"喵呜"。然后,我就看到露茜尔站在下方,身子小小的,就在房子的前面。跟着,我又看到了小路、汽车,然后"哗啦"一下,什么都没有了,我陷入了一片黑暗。

当我苏醒时,发现自己躺在扶手椅上,身上裹了一条毛巾。露茜尔一面喃喃地哄着我,一面用一块湿棉花轻轻地拍打着我的脸。我呻吟起来。

"疼吧?我的咪鲁,勇敢一点儿……"从身体上来说,我并没有好转,但这让露茜尔有机会照顾我了,就像从前一样。

那一小块棉花擦到了我的口鼻下面,我惊恐地发现它是红色的。红药水!我以后会变成什么样啊!

"哎呀,你身上到处是剐伤!可怜的咪鲁……"

看吧!在"山沟"还没待满两天呢,我就残废、破相,甚至可能一辈子都毁容了!都是因为她!我转动眼球寻找鲍琳纳,她躲在角落里看着我们,一言不发。

露茜尔生气地瞪了她女儿一眼。

"你的脑子去哪儿了?"我的女主人叫喊起来,"你能不能不要再招惹我的猫了?"

"我又不知道……"

"好吧,那咱们就来看看,你都不知道什么!你不知道猫不能荡秋千?你不知道小猫受不了辣椒?你不知道不能用洗衣机给他们洗澡?!"

我仿佛看到了自己的整个童年。

"但我也一样啊!为了接住他,我把自己都摔疼了……"鲍琳纳哭了起来。

"你膝盖擦破点皮也要我给你颁枚奖章吗?"我的女主人恼

火起来,"但你看看他……他的样子多吓人!可怜的宝贝!真是被吓坏了!"

我马上呻吟起来,用一种令人心碎的"喵喵"声。

"算啦……"雅克插话了,"他带些红斑看着更好玩儿,就像小丑一样!再说也不怎么严重,我肯定以后这样的事还会遇到呢!"

露茜尔站起身来,像抱婴儿一样地抱起我,走出了客厅。

"我要骑车出去转一圈!"出门的时候,她对他们父女俩说,"一个人!和我的猫一起!我要把他带走,你们两个刽子手找其他东西折磨吧!"

露茜尔小心翼翼地把我放进自行车前的柳条篮筐里。我们出了栅栏门,她开始蹬起车来。她应该骑得很快,因为尽管我已经被稳稳地安置在了篮底,还是能感觉到风从我的皮毛上吹过。我完全看不到乡村的风景,只能看到头上碧蓝如洗的天空和露茜尔由于生气而微红的脸蛋儿。这种感觉很美妙,也很舒服。

我真想一直这样下去,然而她却渐渐慢了下来。我猜她应该平静了一些,因为她对我说话时又露出了笑容:"我们去农场转一圈好吗,我的咪鲁?我敢说看到奶牛你肯定会很开心的!"

第十章

在农场

牛奶!当然啦,不是诺曼底牌的,但到处都是牛奶!成打成打的马口铁皮壶里,全脂牛奶一直灌到了瓶口,还漂着泡沫……这就是我到达农场后所看到的全部。

露茜尔抱着我刚跨过牛栏的大门,系着蓝色围裙的农妇就给我拿来满满一大杯奶。喏,就像这样,直接倒进了地上的大盆里,还溅到了稻草上。

农妇对此毫不在意,不像我的女主人在巴黎时那样,会飞快地擦去落在地砖上的小小一滴。

"这么说,您就是新来的邻居啦?"农妇问道。

"是呀!"露茜尔热情地回答,"我丈夫接替杜邦戴尔先生来工厂,我们住的也是他们以前住的房子。"

农妇盯着我,表情很惊讶。

"您的猫真奇怪。这是什么,这些红道子?"

她一点儿口音都没有,即使是在说"奇怪"这个词的时候,她的舌头也没像我在电视里看到的农民那样打嘟噜儿。

"荡秋千时发生的意外……"露茜尔叹了口气,说,"不提了!我来找您是因为我们昨天刚搬来,需要很多东西。您有鸡蛋吗?还有,您做奶酪吗?"

自那之后,我就没有细听。牛栏里很暗,只有几缕光线隐隐地透过瓦片的缝隙照进来。就在那里,我发现了他们,在牛栏深处,在两头巨大的母牛旁边,一条棕红色的老狗四肢摊开地躺在稻草堆上,他假装没有看到我,可他身后的一条小狗却直愣愣地盯着我瞧。

老狗打了个哈欠:"哈,胆子不小。"

"胆子不小。"小东西重复道。

"那家伙很自以为是嘛。"

"自以为是。"

他们摆出一副并不关心我的样子,继续着他们的谈话,而我呢,则低头舔着牛奶,好像什么都不存在。

"你还记得以前住这儿的巴黎人养的那只猫吗?"老狗问道,"哦,那只猫连苍蝇都怕!"

"你问我还记不记得?我当然记得!那只猫害怕苍蝇,还有蝴蝶!"小狗"扑哧"一声笑了出来,"他从不出门,据他说是为了不弄伤脚掌上的小软垫。真是个胆小鬼!看见三百米外有只母鸡也会惊慌失措!"

他们俩都笑了起来,大声笑了很久。

"我记不起他的名字了。"小的那条又说道,"我只记得很好笑,真好笑呀!是那种典型的胖老太婆养的猫的名字……啊……嗯……叫什么来着?"

"等等,我快想起来了……"老狗边说边站起身来。

他走了几步,慢慢地绕着小狗转圈。

"等等、等等……我想起来啦!是'咪鲁'!"

我呛了一口牛奶。

"是的!咪鲁!"小不点儿叫起来,"'咪鲁……咪鲁……'他的女主人一刻不停地叫着'我的咪鲁咪鲁咪鲁……'"

他捧腹大笑,老狗也从鼻子里发出嗤笑声。我觉得连母牛也跟着他们在笑。等小狗安静一些后,老狗接着说道:"啊!我们想说什么就直说,感谢这些从巴黎来的蠢货,让我们笑破肚皮!"

"就是,让我们笑破肚皮!"

"嘿,一旦有一天,他们称呼你为'咪鲁'了,跟着,他们就会给你的脸抹上红药水!哈哈,从某种意义上讲,这也不是他们的错……换成是你总被关在屋里,你也会变成彻头彻尾的傻瓜的,对不对?"

"对,彻头彻尾的傻瓜!"

这太过分了!我一边舔着牛奶,一边眼睛紧盯着盆子说道:"在城里我们或许是不出家门,但我们能看电视,我们能知道天下所有的事！我们这辈子可不像某些乡下人那样，只会摊着四条腿，鼻子扎进稻草堆里！"

小狗没料到我会说这些话。

他一下子蹿到我面前，恶狠狠地瞪着我。

"想找碴儿吗，蠢猫？"他吠叫起来。

"我可什么都不怕！"我边回答边后退了半步，"要是有机会的话，我会证明给那些不相信我的可笑家伙看看的！"

我说得还不错吧，是不是？我摆出了和周三晚上三频道播的西部片中的坏蛋一样的嘴脸，可其实我并没有真的想去证明自己刚刚说过的话。

露茜尔还在不远处忙着挑选奶酪。

小狗亮出了獠牙，并且一掌推开了我的牛奶盆。我已经快喝完了，但我不喜欢他的挑衅。

"呸！我打赌你和杜邦戴尔先生的咪鲁一样！你甚至都怕弄脏你自己！"他向我吹着口哨儿说。

我确实犹豫了。每次看病，我这一身丝缎般的漂亮皮毛都会被兽医称赞不已，而现在，那上面已经被涂上了红药水。

老狗走了过来,诡异地笑着。

"太好啦!"他说,"我们就给巴黎人一次机会吧……"

他甩头示意了一下,命令我和小狗跟着他出去。走到院子中间时,他让我们停下,然后眯起双眼,环视整个农场。

正午的阳光开始火辣辣地烤人,我们站在那里,一动不动。这场景就像在西部影片中的荒漠里,地平线上望不到一个人影,然后不一会儿就会出现一个戴着黑帽吹着口琴的家伙。

老狗的古怪笑容又浮现在下垂的嘴角。

"如果我让你下'鸭子池塘',你敢下吗?"老狗向我吠叫道。

"你敢吗?"

这群抽风的傻瓜!这群粗野的乡下人竟然想让我这只城里的猫接受这种挑战!我不明白自己为什么还没有掉头就走,可能是因为小狗又开口了:"你看见那个池塘了吗,巴黎人?"

是的,我太骄傲了。我,杰克逊,想要独自捍卫首都的荣誉。那个池塘我看得清清楚楚,可以说我的眼里现在就只剩下那个池塘了。它就位于拖拉机的左边,与其说是池塘,不如说是一大摊绿色夹杂着深褐色的、很污浊的脏水。

"好吧……"

"我敢肯定,"小狗大声叫嚷着说,"雷昂,他连鸭子是什么都不知道呢!然后呢,他就会栽得很惨!"

我在电视节目里见过鸭子,亲眼所见!那是一部关于绿头鸭的纪录片,里面的资料丰富极了!

我用鲍琳纳那样尖细的嗓音回击道:"鸭子是鸭科的有蹼鸟类!而且鸭子是候鸟!"

这下好了!我本想止住这帮文盲的嘘声,但是小狗却狂吠着大笑起来:"鸭科!哈哈哈,你居然这么说!那好吧,你看看那只游在中间的鸭科动物……对,就是那只白毛橙色嘴巴的,胖子贝贝尔……我不知道他是哪科的,但我可以肯定,你说的那种候鸟不会像他这么胖!他可飞不起来!"

我看着胖子贝贝尔,自己也有些糊涂了。那部了不起的动物纪录片里,解说员讲解得很详细,然而眼前这条既佝偻又没文化的农场狗说得也没错,贝贝尔不仅胖得像个枕头,而且他的脖子上连一根绿色羽毛都没有!毫无疑问,这只鸭子甭说飞不到非洲,恐怕就连飞到农场门口去都很困难。这让我对自己在电视上学到的东西第一次感到了疑惑。

"如果你不是客厅里的蠢货的话,"老狗雷昂对我说,"你就去抓住那只鸭子。"接着,他和小狗一齐大叫道:"抓住他!"

第十一章

屁股栽进蛋壳里

贝贝尔对将要发生的事还一无所知。

他"嘎嘎"地叫着,拼命扑腾,像疯子一样逃出了池塘。我们紧随其后,特别是小狗,来了个漂亮的加速跑,好像火箭一样蹿过了池塘。

其实池塘中间的水相当深,我却并不知道。急冲之下停不下来,我眼看着自己就要陷进脏水之下的烂泥里。突然之间,我,杰克逊,像是被抛进了某部动作电影里似的,猛地向上一跃,踩在一只鸭子背上来支撑自己的身体,然后干净利落地从一只又一只鸭子的背上跳过去,闪电般地到达了对岸!

小狗发现了贝贝尔,他正躲在鸡棚里避难。

"抓住他!"小狗吼道。

鸭子贝贝尔气喘吁吁地说:"放过我吧!你们等着瞧……要是农妇知道了,她会把你们一个一个扔进水里的!"

提到农妇,小狗明显地迟疑了一下。他往身后看了一眼,确认没有人过来后,才接着说道:"安静点,鸭子!你没看到我们在玩吗?"

"你们、你们……你们在玩?!"贝贝尔气得喘不过气来。

"是呀!"雷昂吠道,他身上的毛发在日光下显得不那么棕红了,"我们在玩,你是个假想的靶子。但你要是再这样不停嘴地叽叽喳喳,你可就真的会遭殃了……"

"真的会遭殃!"小狗添油加醋地说,"血淋淋的,一大堆羽毛……"

"能和你们一起玩吗?"一个熟悉的嘶哑嗓音响起。

不知道他们是从哪里钻出来的,逆光下的栅栏上出现了两道影子——是布吕斯和月白色的母猫。

小狗吓了一跳。

"这是你的同伙?"他问我,样子有些慌张。

"才不是呢!"我矢口否认,"我们是在巴黎认识的,仅此而已!"

"是聊聊还是玩玩?"布吕斯不耐烦了。

"好吧。"老狗看上去主意已定。

他们跳下来,和我们站成了一排。母猫在经过我身边的时候悄声说:"很高兴再次见到你,杰克逊……你在秋千上飞起时真漂亮……"

"我也很高兴……"

"好了!"雷昂说道,"围住贝贝尔,让他没法儿逃走,然后我们各干各的!万岁!"

是的,他用英语喊出了"万岁",就像美国黑帮电影里演的那样。真不敢相信他知道这个!更重要的是,向我发号施令的是他,而我呢,只好服从。

都是因为雷昂,我才会跳上房顶去抓那只鸭子,而房顶并不结实!我的双爪刚刚按住贝贝尔,就带着他一起摔了下去,摔进了一篮刚下的新鲜鸡蛋里。我像傻瓜一样愣在那里,屁股嵌进了破碎的蛋壳。那只鸭子吓呆了,母鸡们也惊呆了,都躲在角落里瑟瑟发抖。母猫、布吕斯和那两条狗一起从屋顶的破洞中探出头来,然后,就在农妇和露茜尔一同走进鸡棚的一刹那,"嗖"地一下,他们又全都消失不见了。农妇粗暴地揪着我的脖颈儿,把我抓了起来。

"喵呜!"

"这可是……是您的猫玩的把戏!看看我的鸡蛋!简直就是屠杀!"

"杰克逊!你疯啦?!你在干什么?!原谅他吧,我全部赔偿……"

"我得好好数数!"农妇冷冷地回答说。她把我放进露茜尔的怀里,我的女主人一脸嫌弃的表情,双手接过我,胳膊伸得笔直,把我举着抱到了外面。接着,她松开我,打开钱包,抽出一张钞票递给了农妇。农妇把钱塞进围裙的口袋里,然后转身离去,连再见都没同我们说。

"这回你高兴啦?"露茜尔低声埋怨道,"还没到半小时,你就让我们和邻居吵翻了!"

她骑上了自行车,让我跟在后面一路小跑。我朝着车篮的方向"喵喵"地叫,但她却没有示意我上来,可能是怕我偷吃她放在车篮里的东西吧。我才不是那样的猫呢!再说了,我现在也不饿,因为空气中始终飘浮着一股奇怪的味道,不知道是不是从篮子里散发出来的,很不好闻,有点儿像过期的牛奶或黄油,又有点儿像味道很冲的奶酪,反正肯定是些不新鲜的东西。

她慢慢地骑到了农场的门口。在转角处,布吕斯、母猫、雷昂和小凶狗躲在篱笆墙后,正等着我们。

"汪!"雷昂友好地向我眨眨眼睛,对我低声说道,"有空再见……"

"有空见……"小狗跟着咕哝道。

露茜尔骑快了一些。她的嘴里一直在嘟嘟囔囔地发着牢骚。她并没有意识到,我,杰克逊,最孤单的一只猫,已经变了。

我为自己赢得了尊敬,不是什么弱小的生物,而是那些几乎可以说是粗野的动物的尊重!啊哈……我真高兴他们这会儿已经离得很远,听不到她叹着气说:"你闻起来好臭哇,我的咪鲁!"

第十二章

压垮骆驼的最后一根稻草

淘气鬼鲍琳纳的苹果香波、雅克的马赛肥皂①、露茜尔的芦荟香波……我觉得他们为给我洗澡用遍了洗漱箱中带来的所有东西。

我尝试过反抗,甚至露出了一点儿利爪,但是雅克一把把

---

① 一种用植物油制作的天然皂,源自法国马赛。

我按进了水里。这本来也是他的决定。他在露茜尔刚一回到家时就大吼道:"在屋外的水龙头那儿给他洗澡!这个臭烘烘的毛球休想进屋!"

他们用海绵给我擦洗,用的是搓澡的那面。鲍琳纳声嘶力竭地唱着,让我感觉不能再丢脸了:

"咪鲁·杰克逊……我给你洗澡!

我给你洗脑袋,

我给你洗脑袋,

洗脑袋……

洗脑袋……

百灵鸟,百灵鸟……"

"好啦,好啦!"露茜尔终于出面阻止,"给他留点毛吧。"

我敢说,这简直是一种侮辱!我躲进了自己的扶手椅。备受折磨地被吹风机吹过之后,我的毛直立起来,好像被二十万伏的电流电击过似的,唯一的一点儿好处,就是我身上的红药水痕迹几乎已经看不见了。此时,露茜尔大开着窗户,好让我的毛快点干透。我闻着空气中青苹果的味道,觉得自己十分可笑。

露茜尔在我身边待了一会儿。她蹲在扶手椅旁,温柔地爱抚着我,同过去每天的美好时光一样。

"放松点,我的咪鲁……你太紧张了……你的那些小习惯都被打乱了。"

"不!正相反!"我真希望自己能像人类一样叫出来。

突然,露茜尔像她女儿那样跳了起来。"我有个好主意!"她一边朝屋里跑,嘴里一边嚷道,"我们要去买点东西。但你独自留在这里一定很寂寞,我把收音机先借给你吧!"

我还没来得及"喵喵"地叫出声音,她就跑回来了,手里挥舞着收音机,仿佛那是一件战利品似的。

"就是这个!"

我变得更加沮丧了。

他们真不该在二十四小时之内接连把我打入"地狱"。我被当作一条狗来对待,更糟的是——还是一条腊肠犬!

露茜尔刚一离开房间,我就把收音机推了下去。它掉在了柜子后面。我忍着胸中的怒火,看着全家人乘车驶远。他们刚刚开出栅栏门,布吕斯就出现在了窗户边上。

"你还要长期这样忍下去? 咪鲁·杰克逊……我给你洗澡……咪鲁·杰克逊……我给你洗脑袋……喂,杰克逊! 醒醒吧! 你! 你真给猫族丢脸!"

这就是压垮骆驼的最后一根稻草! 我跳到了布吕斯身上。他得为此付出代价! 哪怕就这一次,也得让这个讨厌鬼为所有的事付出代价!他得为红药水、为贝贝尔,还有二十万伏的电流负责! 我们一起滚到了地上,场面险象环生。我勉强避开了几爪,然后用吃奶的力气咬在了布吕斯耳后!他大吼起来,也咬住了我的尾巴。接着,我们不仅仅是咬作一团,而且成了在灰尘中滚动的一团。我们俩所经之处都被夷为了平地,水龙头上连接的水管也被撞飞了。哼,要是雅克回来后还觉得我身上臭气熏天,那就让他自己到院子里来打水吧!我觉得自己超级强壮,简直就像电影《终结者》中的机器人战士!我在碎石路上一路追赶着布吕斯,先是压坏了绣球花,又撕碎了鲍琳纳的爬藤玫瑰花。我在花园里"大开杀戒",布吕斯嘲弄、戏耍着我,一次又一次激起我胸中的斗志,直到发现那只月白色的母猫正趴在秋千上时,我才尽力地让自己平静下来。

"作为一只宠物猫来说,表现还不赖……"她低声说道。

布吕斯现在已经不敢离我太近了。他躲在安全距离外冷笑着继续唱道:"咪鲁……我给你洗澡……"

我假装要向他所在的方向冲过去,吓得他扭头就要跑。

"好啦!你们别再闹啦。"母猫说着从秋千上站起身来,"我们得认真谈谈。"

第十三章

逃 走

我逃走了。

怎么会突然逃走呢?起初,母猫只是让我跟她去一个她选好的地方。

"在我们谈话的时候,那里可没有人会打断我们,是不是很棒?"她说,"这样也有利于思考。"

然而我还是有些犹豫。

"又是你的女主人！"母猫有些激动，"我知道你舍不得她，但是看看你现在的生活吧，杰克逊！会越来越糟的……"

这倒不是假话。

"灾难会不停地降临到你身上，随着时间的推移，情况会越来越严重。这对你来说太危险了。"

这话简直太对了。

"我并不是说你没有足够的胆量去面对危险，但是何必要让自己以悲剧收场呢……"

最终，还是布吕斯说服了我。他故作轻松地说："你能想到你挚爱的家人去哪里闲逛了吗？"

"去买东西……"

"哦，可怜的杰克逊！告诉他吧！说你呢！说说你在车底下听到了什么！"

母猫沉默不语。

"告诉他呀！"

"他们……他们去给那个小姑娘买小狗了……"

于是，我跟着他们逃走了。没带行李。什么都没带。

这是一个难忘的夜晚。在猫的一生里,这样的夜晚最多也不会超过五十次。我们先是沿着越来越陡峭的石子儿路沉默地走了将近一个小时。灌木丛渐渐变成了荆棘,路边出现了溪水,我对露茜尔的思念似乎也变得越来越淡。当我们终于到达一片绝无仅有的风景地时,太阳落山了,一望无际的田野看上去像是由一小块一小块的布料拼接而成,就像三楼虎斑猫的主人整晚缝制的那种东西。

"我们到了。"母猫开口说道。

"我饿了。"布吕斯叹了口气,说,"这个穷地方肯定没什么可嚼的……"

如此美丽的景色也没给他的心灵带来多少浪漫色彩。

"我们应该回巴黎去。"母猫提议说,"乡下不是我们该待的地方,也不适合你,杰克逊。"

我没有回答,但我也得出了同样的结论。

"我们得向你承认,杰克逊……"她看起来有点儿难以启齿,转头找寻着布吕斯的目光,想要得到他的帮助。但布吕斯却忙着梳理自己的毛——大概是他生命中唯一的一次。

"你不奇怪我们为什么要跳上搬家的货车吗?"她接着说道。

"我……"

"哦!行了!这么吞吞吐吐的,我真要吐口水了!"布吕斯叫道,"我们在执行任务!我们跑到这穷乡僻壤又没什么吃的的地方,就是为了你!都是头儿下的命令,我们别无选择!'跟着杰克逊',他就是这么说的,'他去哪儿你们就去哪儿,然后把他带回来'!"

"他……他害怕我不习惯?"我很惊讶。

站在疯子猫的角度来看,这很好心,然而,也很奇怪。

"笨蛋!"布吕斯笑着说,"我本不该告诉你的,但算了,告诉你也没什么。我们要带你回去,按照他的说法,是因为你很'珍贵'。我们刚遇到你时,这事还不明显……但你竟然识字,杰克逊!头儿说,这可真是不可思议的本领,需要重视,小伙子们,这只胆小的胖猫,就是我们的未来!"

"胆小的胖猫……你们的未来……"

"这并不全是他的原话。"母猫说道,"但'你很珍贵'是千真万确的事实……"

夜色降临,田野上变得昏暗起来。我们好半天都沉默无语。

"我去给咱们弄点什么吃的!"布吕斯突然大声说道。

他消失在灌木丛后,只剩下我们两个。

"多美的夜色呀……"母猫喃喃自语道,"还有那些星星……"

幸好,我曾经看过五频道的天文节目!

"是的,那里,那颗特别闪亮的,是天狼星……"其实我也不太确定,看这种节目时,我常常会睡着。

"哦……"母猫回应了我。

"那七颗星星组成的,叫作小熊星座……"

"哦……"

我非常喜欢听她说"哦……"。

"我抓住了两只田鼠!"布吕斯在远处吼道,"我是最棒的!我是最棒的!"

"人类会给每颗星星起名字?即使那些最小的星星?"母猫

问,似乎有些不敢相信。

"对,即使是最小的。他们会给发现的所有东西命名,算是一种癖好,就像那些东西此前根本不存在一样。"我夸大了一些,因为很多星星仅仅是被冠以可笑的字母或是数字符号,但我不想因为人类匮乏的想象力,而错过眼前的美好时光。

母猫突然跳了起来:"是呀!所有东西都有名字,除了我!"

在这一瞬间,我似乎被什么东西击中了。我,杰克逊,仿佛早有准备一般,发挥出平日话语滔滔的特长,大声喊道:"如果你没有名字的话,那这些星星也不配有!宇宙里没有什么比你更配这些星辰了!看!选一颗,随便哪一颗!我把它的名字送给你!"

母猫的眼中映出了整个天空。

"那颗!"她用爪子指给我,"那颗小小的!"

"你们不来吃吗?"布吕斯喊道。

我真笨!我一定是错过了某一期节目。那颗小不点儿星星叫什么来着?布吕斯已经开始吃田鼠了,我们从斜坡上跑下来与他会合。我说出了我能想到的最迷人的名字:"仙后。"

"仙后……"母猫重复着。

"不早了！"布吕斯低声抱怨道，"我都等不及了！你们喜欢鼠爪还是鼠头？"

第十四章

去巴黎

我被鸟鸣唤醒了。这真不可思议！我,咪鲁·杰克逊,竟然睡在了室外,而且还好好的,完完整整,毫发未损,甚至一点儿都没变瘦。其实要是瘦点会更好,我的身材就完美了。

"我又饿了!"布吕斯伸着懒腰说。在我取笑他那总是饿的大胃口时,有两道身影朝我们冲了过来。

"终于找到你们了!"老狗雷昂大叫道。

"都找了你们好几个小时了!"小狗更夸张地说。

雷昂看起来确实有些精疲力竭。

"你们来得可真不巧!"布吕斯尖声说道,"我们正要出发呢!"

两条狗有些不明所以。

"啊,那可真不巧!"雷昂说道。

"真不巧。"小狗跟着学舌。

"我们今天来是要向你道歉,之前开玩笑开得太过火了。"雷昂对我解释道,"是吧,优优?在农场里,他们一天到晚都在说这件事,胖子贝贝尔都有点儿恢复不过来了……"

"是的,贝贝尔以为自己是一只母鸡。"小狗优优补充道。

"据马的说法,这是受到了心病冲击!"

"是心理冲击!"我纠正道。

连布吕斯都忍不住笑了。

"那你们这是要去哪里呀?"雷昂问。

"去巴黎!"布吕斯兴致勃勃地说,"我们要回文明的地方去啦,哥们儿!"

雷昂瞪圆了眼睛:"走着去?"

"当然不,白痴!坐摩托!你没看见我的哈雷①停在路边吗?我坐在车把上,伙伴们坐在挎斗里!"

仙后打断了他:"是的,我们走着去,不然还能怎么去呢?你们想入伙吗?"

"我太老了,孩子们。"雷昂叹了口气。

"我叫仙后。"她说道。

这可是个能让我总揽大局的大好机会。"根本不可能走着横跨这个国家!我们是动物,没错,但我们的智力并不低下!这可是一个现代化的时代,朋友们,我们得去适应它!"我喊道。

仙后和布吕斯已经见过了汽车、卡车,布吕斯甚至还上过一辆公共汽车,但是雷昂和优优却什么都不知道。我给他们讲了火车、火箭、飞艇,甚至米尔空间站。

"你们也不知道飞机是什么吧?"我问道。

那两条狗低下了头。

---

①由哈雷戴维森摩托车公司生产的摩托车品牌。

"是不是一种鸟?"雷昂大着胆子问。

"是的,一种灵巧的鸟,飞得高高的,让人抓不住!"优优接着说,"也有经过农场上空的。我听农妇说过好多遍'看,一架飞机'!"

我选了些简单的词语来解释。

"哦,就是金属飞行器!"优优入迷地听着,"不管怎样,人类能有这些发明……"

"好,那就去巴黎吧!"雷昂打断了他,"但我不坐飞机!因为那听上去就像是钻进了一只巨大的母鸡里!"

我立刻打消了他的顾虑。人类也不会希望我们去做乘客的。他们不会给我们留出座位,也不会有空姐微笑着询问:"您想要本杂志吗?还是一罐齐德帕牌猫粮?"何况还有安全检查,别指望我们能"安全"地通过。坐火车虽然也不是件简单的事,但是只要有点儿方法,有点儿想象力,这事就能办到。

第十五章

高速列车太快了

我想省力,但不管怎样,还是得先走路。

我们一连走了七天!我变成了野营专家,以及捕猎田鼠之王。早晚有一天,我会写一本指南,题目就叫《捕猎的技巧与诡计》(咪鲁·杰克逊作),它一定会对那些不怎么有捕猎天分的家伙有很大帮助的。

一周的时间,我们从在地图上用显微镜才能看到的小镇,一直走到了距离最近的大城市。如此的长途跋涉让我不由得开始怀疑,这是否真的是最近的城市。骇人的高楼大厦、烟囱林立的工厂和地狱般嘈杂的噪声……我们来到了一座现代化的城市,一座通火车的城市。这正是我们要去的地方——布拉迪尼昂。

我已经庆幸过千百次自己会识字了,要不是我能够辨别路标,我们恐怕到现在为止还待在那个穷乡僻壤呢!突然,一行巨大的文字映入我的眼帘——布拉迪尼昂火车站。它们排列在一座建筑的三角楣上,我一眼就认了出来。朋友们一个接一个地跟随着我走进火车站。我瞄着信息栏看,里面的字母和数字在不停地闪动。我刚在"出发"那一栏发现"巴黎","嗒嗒嗒",那行字就没了!等我再找到火车的车次号码,又是一阵"嗒嗒嗒"!不停变化,这又是人类的一招!

"没有火车吗?"布吕斯见我看了这么半天,开始担心起来。

"多的是!"我让他放宽心,"时间长是因为我要选一趟舒服的。"

信息栏终于静止下来。该我上场了!

十三点零二分,四站台。

"我们得搞对方向。"布吕斯说。

站台上,人们奇怪地看着我们——三只猫,两条狗,乘坐高速列车但没有主人,而且还不带行李,这很引人怀疑。

"咱们得分散开。"我说道,"我们各自选一个人,跟着他走,就像跟着自己的主人!"

仙后看中了一位女士,她正和小女儿一起拖着大箱子。

"我找到自己的主人了!咱们巴黎见?"

"巴黎见!站台尽头集合!"我边说边跳上了车厢。

我最后瞟了仙后一眼。这是一只了不起的母猫。在任何情况下,她都比那三个跟在我身后亦步亦趋的笨蛋勇敢得多。

列车满员了。今天应该是周末,我漂泊得连时间概念都没有了。我对同伴们反复说:"你们都去找个人假装自己的主人!"

然而,等我找到自己的主人时,他们却依然紧跟着我,寸步不离。

不管怎么说,这个主人是个不错的选择。那男人甚至都不用等火车开动起来摇摇晃晃地帮助入眠,就已经睡着了。他打着呼噜,身边的座位还是空着的。简直太棒啦!

"你们走吧!不去找永远也不会遇到合适的!"

"我喜欢这类型的人,我留下!"布吕斯反对道。

"是我第一个看到他的!"优优也开始扯谎。

当我跳到空座位上趴好时,他们也溜到了我的座位前。出发的汽笛声响起,优优吓了一大跳。列车启动了。

几公里的路程一闪而过。我窃笑着,觉得这一切也太容易了。

火车开足马力,向着首都疾驶而去。

在唯一的中途站停靠了不到两分钟,我们又以每小时三百公里的速度出发了。当火车鸣叫着与另一列火车相遇并擦肩而过时,那两条狗将鼻子紧贴在车窗上,高兴得吠叫了起来。

"天哪,太快了!就跟布吕斯说的一样!"

是呀,确实是太快了,当见到检票员出现在车厢里的时候,我在心里咒骂道。

检票员身穿制服,头戴檐帽,"之"字形地走了过来,边走边抓住两边乘客递过去的车票。

"谢谢,夫人,祝您度过一段美好的旅程!"

当他看到我们时,身体一下子僵住了。"这个'动物园'是怎么回事?"他问道。

"呼——呼——呼——"我们的"主人"这样回应他。

"先生!先生!请起来!"

"呼——好的!什么?到站了?"

"您觉得这里是动物园吗?"检票员低吼道。

我们的"主人"迷迷糊糊地从座位上直起身来:"我……我没见过这些动物!"

"好吧,那就来看看吧!"检票员冷笑着说。

他打开小本子,一边用手压平一页纸,一边用冷淡的语调说道:"请出示您的票……好的……狗的票呢?"

"你惹火我了!我已经说过了,这些动物不是我的!"

"改改您的口气吧,先生,否则我会记录下来您侮辱公务人员!这么大个头儿的狗,还有那些猫,都得买半票!"

"我才不在乎呢!我都和你说了好几遍了,他们……"

"好极了!我再给您开张非法将动物带上火车的罚单,十五欧元!"检票员边说边飞快地写着,"这几张半票,四十欧元!至于您的这只胖猫,即使他刚从座位上滑下来了(这是指我),也算非法占据预留座位了,十欧元!还有污渍,这只令人恶心的、掉毛的猫弄出来的污渍(这次指的是布吕斯)!再加十欧元!"

为了消除检票员的怀疑——其实他本来也不怎么怀疑——我跳上了"主人"的膝盖。他一把就把我推开了。然而检票员却趾高气扬起来,无情地说:"看到了吧!一共一百欧元,包含手续费!您付支票还是现金?"

我们的"主人"立刻大喊大叫起来,检票员也一样。此时,扩音器里高喊:"巴黎蒙巴纳斯火车站,三分钟后到达!"优优又被吓了一大跳,也开始拼命号叫起来。

"让他住嘴!"

"我都说了这不是我的狗,笨蛋!"

"这是侮辱!侮辱!"

乘客挤满了过道,行李也纷纷从架子上被搬了下来。布吕斯的爪子紧紧抓住座位的椅背,大声说道:"咱们逃走吧!快点,不然等着买半票吗?!"

我们蹿到了自动门前的第一排,跟着又第一批跳上了站台。

同伴们都兴高采烈,看着真令人欣慰。

"妙极了!"优优叫道。

"妙极了!"雷昂重复道,"高速列车虽然很贵,但真的太快了!"

第十六章

自由，我是自由的！

我们躲在站台入口一辆满载着行李的拖车后面，等待仙后。车身很长，她应该在车尾的位置。乘客们络绎不绝，有的拖家带口，有的孑然一身，我们的假主人则站在离我们不远的地方，被三个检票员团团围住。这时，布吕斯发现了她。

"仙后！这边！"他吼了一声。有个穿红衣的小女孩正在仙后身后追赶着。

"回来！回来！和我待在一起！"小女孩一边跑一边喊道。

优优吠叫起来，好让仙后看到我们。她绕着旅客们的双腿转来转去，终于和我们会合了。

"那个小姑娘想留下我。"她向我们解释说，"整个车程中她让她的妈妈忍无可忍。"

我觉得心中痛了一下，仿佛看到了鲍琳纳在站台上奔跑。

"真是好笑呀，仙后也能让人心碎……是不是？"白痴布吕斯"扑哧"一声笑了出来。

他愚蠢地向我重复了两遍"是不是？是不是"，还搞怪地冲我眨着眼睛。

"我们现在该干什么？"雷昂开口问道。

这可真是个好问题。

我们横穿了这个国家，现在，我们到了目的地——巴黎，不仅到了，而且就在市中心！

"该去找其他猫！"布吕斯张扬地说，仿佛这个答案是显而易见的。

"什么其他猫？"雷昂吃惊地问，"你的朋友们？"

"我们的朋友。"仙后解释道,"还有……头领。"

"一只……头领猫?"

布吕斯面带敬意地点点头。

"绝不要头领!"优优大喝一声,"尤其不要猫的头领!干吗不干脆来只麻雀当副队长呢!你们是开玩笑还是别的什么?我跑了这么远的路可不是来找个新主人的!狗服从于人类的手势和眼神已经两万年了,今天,在这里,我优优要让这厄运终结!自由,我是自由的!"接着,他像着了魔一般地在人群中狂奔起来。人们笑着看他,觉得十分好玩儿,一个日本人甚至还给他拍了照片。

突然,优优站住不动了,并且再次大喊了一声:"自由!我是一条自由的狗!"

他双眼朝天,耳朵直立,窄小的胸部膨胀到了极限,看上去酷似电影《宾虚》[①]中的柯克·道格拉斯!

"别担心。"布吕斯咕哝着,"没人强迫你认个头领。我们只

[①]美国著名电影,改编自卢·华莱士的同名长篇小说,讲述了犹太人宾虚反抗罗马帝国压迫的故事。

是要给你介绍一些伙伴,仅此而已。"

"仅此而已"得到了两条狗的认可。于是,我们开始横穿车站前广场。我走在队伍的最前头,带着大伙儿走向游客们正围着观看的一张巴黎地图。

"让我们看看,让我们看看。"

我得爬上雷昂的背才能勉强看到墙上的地图。这玩意儿可不是为小个头儿的猫准备的。幸好,蒙巴纳斯火车站位于巴黎市中心的南部,因为即使把身子抻到最长,我也只能看到地图上的"塞纳河"那么高。

"那就是我过去住的街区!那个红点!意大利广场!"

"然后呢?"优优烦躁不安地问,"怎么走?"

"距离不超过三个格子,然后转向正北方,顺利的话,正好就走到那里了!"

"顺利的话……"优优担忧地说。

"前进!"雷昂吼道。

地图可真是人类才能琢磨出来的东西。要是街上根本没有那些格子,在地图上画上它们又有什么意义呢?

在这个街区转悠了一个小时后,雷昂、优优、仙后,还有布吕斯都问了我这个问题。当我们第三次经过警察局的时候(优优说是第四次),我听到一个声音响起:"请问这些小丑,你们这是要去哪里呢?要是一直转圈的话,你们最后都能在街上挖出一条壕沟来了!"

两只肥胖的虎斑猫趴在高高的墩子上,嘲笑着白白花费力气的我们。

"意大利广场。"我咬着牙回答说。

"啊!那可不是这条路。"其中一只虎斑猫说。

"是呀,可以说是南辕北辙了!"另一只说,"这样转圈可太糟糕了,再说了,那地方也不近哪。"

"那地方不近吗?"

即使说话的是仙后,我也听出了她语气中的不快。

"除非……除非你们有胆子……"那只猫接着说道,"有胆子……"

"有胆子干什么?"

他在故意吊我们的胃口,这可真令人厌烦。

"有胆子在夜里穿过蒙巴纳斯墓地!"

真是想都不敢想!

这里,我得解释几句,因为各位亲爱的读者并不是猫,所以你们肯定不知道,那些公猫喜欢半夜悠闲地在坟墓中逛来逛去的说法,都是诗歌中虚构出来的!当然啦,也有猫真的喜欢那样做,毕竟这世界上到处都有疯子。人类中也同样有不可理喻的怪人,比如有人会乘独木舟跨越大洋,而坐飞机其实几个小时就到了,还有人连续几个月耗在零下四十五摄氏度的冰原上,就为了到南极插面旗子,而那面旗子可能永远都不会有其他人看到,毕竟那地方可没什么游客……总而言之,除了那些疯疯癫癫的怪家伙,墓地,可是我们最讨厌的地方!

因为对墓地的厌恶,那天晚上,我们确实花了很长时间来做决定。我觉得,如果不是其中一只虎斑猫先开口,我们可能还会在栅栏前继续犹豫不决。他对我们说:"来吧,小伙子们!虽然我们喜欢开玩笑,但我们并不是坏蛋。别再像树叶一样瑟瑟发抖了,我们陪你们去!"

他们灵活地跳下墩子,神情严肃,一副大冒险家的派头。我其实注意到了更胖的那一只在窃笑,但当时的我却并没有起疑心。

天已经完全黑了,街上没有一个行人。我在电视中见过这样的场景,我本该立即"喵呜喵呜"着警告大家:"不要去!空气中有焦臭的味道!那只肥胖的虎斑猫,他的笑容有鬼!"

以前看警匪连续剧的时候,我总能第一时间认出坏人,至少要比电视剧里的探长早上足足半小时。但在现实生活里,我就像个傻瓜一样,只会跟着大部队前进。

"我们要走一条最快的捷径。"更胖的那只猫提议说。

"你是指经过德弗洛夫伯爵的坟墓?"

"是的,走那边确实有点儿吓人,黑黢黢的……不是我想离开主路,而是那样走可以节省下大量时间。"

仙后贴近了我,而优优则躲到了雷昂的身下。

"你们要去,是不? 除非你们愿意睡在这里。"

我们加快了脚步。

已经没有正儿八经的路了,树丛变得更加茂密,坟墓也同样如此。

优优的身形似乎显得更矮小了。他在我耳边悄声说:"这可真残忍,杰克逊,想想我们吧,狗在夜里可什么都看不见……"

我冲着纵横交错的坟墓抬了抬鼻子,没有月光的夜色下几乎连十字架都看不清楚。我叹着气回答他说:"我们也不一定占便宜。"

前方出现了一座比别的都要大的墓碑,黑色的大理石冷冰冰的,一支丧葬花瓶里插着凋谢的红玫瑰,墓碑上只刻了一个名字:弗拉基米尔·伊万诺维奇·德弗洛夫伯爵。

我读给伙伴们听:"弗拉基米尔·伊万诺维奇……"

我的声音像老山羊的胡须一样颤抖着。

"那条该死的捷径究竟在哪儿呢?"布吕斯恼火起来。他的声音同样在颤抖。但没有人回答他。

至此,我们才发现,那两个向导已经偷偷溜走了。

"嘿!喂!虎斑猫?!"布吕斯大叫起来。

我们焦急得说不出话来,再也不敢前进一步。优优的牙齿在黑暗中咯咯作响,可能正因如此,当背后那道尖厉刺耳的声音响起时,我们才没有被吓得突然大叫起来——

"到这里来闲逛,可真是不小心哪……"

第十七章

在德弗洛夫伯爵的墓穴上

他看上去几乎和夜色融为了一体,毛色纯黑,和故事里用来吓唬小孩儿的那种猫一模一样。他蜷缩在墓穴的入口,吸吮着一块骨头。我都不想去猜那骨头是打哪儿来的!

"你们打算住在这里?"

"不,不!噢,不用了!谢谢!"仙后发出了一串惊呼。

"决定一下吧,小姐!墓地这地方,要么不要来,来了就别想走了……"

"我们……只是路过！"布吕斯插话道,"要是您愿意帮忙,我们想尽快穿过这里……如果您明白我的意思……"

一双金色的眼睛出现在黑猫的上方。

"新来的?"金色眼睛的主人问。

黑猫冷笑起来:"不,来玩的。他们还以为自己能毫发无损地在这儿闲逛呢。"

"发生了什么事?"优优紧张地说,"我什么都看不见!什么都看不见!那儿有谁在说话?有几个?"

算上刚刚出现的这只,一共有三只趴在德弗洛夫伯爵的墓穴上方,还有两只藏在十字架后面……树丛里也有些古怪的声响……再加上那只正在吃东西的……应该在十只以内。

"三四个吧。"我说。

"赶紧溜吧!"雷昂说道。

"赶紧溜吧!"优优重复道。

是的,即使在深夜的墓地中视力很差,农场狗的嗅觉依旧灵敏!但此时,那些疯子已经将我们团团围住了,有的在吹口哨儿,有的在吐唾沫。所有这些都不是好兆头。

这时,我听到了一声恐怖至极的猫叫,我转过头去,觉得自己正在做一场噩梦——是那只疯子猫!布吕斯的头领!在德弗洛夫伯爵的墓穴上,流浪猫的头领站在夜空下大声吼叫,我们的敌人顿时消失得无影无踪。

疯子猫向我们走近了几步,冷笑着说:"看看,看看……我都不指望你们能回来了。"

"你在这儿干……干什么呢?"布吕斯结结巴巴地问。

他看到布吕斯,并没有表现出高兴的样子。

"那又是谁?那边那个!"优优号叫着。

"你们还真是费了不少时间呢。"疯子猫说,"不过,重要的是,你们到底把他给我带回来了。"

他慢慢地走下来,开始围着我转圈:"还好吗?没受太多罪吧?"

布吕斯急忙插话。"等等,等等……"他对他的头领说,"我们用尽了一切办法说服他回来,但是……"

"但是什么?"

"我不确定杰克逊是为你回来的……"

"他是为什么回来的有什么要紧?! 反正现在他在这儿,他马上就可以教我识字了!"

"但是这样又能给你带来些什么呢?"布吕斯神情紧张地问。

"你真是个可怜虫,布吕斯!"疯子猫叫起来,"你还不明白吗? 这是我们今后不再做家畜的唯一办法! 等我们会读、会写、会计算了,我们就能逃离人类,得到真正的自由!"

疯子猫站起身来,目光环视着整个墓地。

"在这里,我过得很安逸。你们也要住下来,我们一起在这里安家,全新的猫族也将在这里诞生!"

"嘿!"我说道,"你想成为世界的主人这当然很好,但我们可不想在这儿扎根! 你们也不想吧,狗?"

"当然不!"雷昂大声吠叫起来。

"没人扣留你们,狗!"疯子猫叫嚷着说,"你也一样,布吕斯! 你也可以走! 把你的小妞儿一起带上,好好上路! 但是他,他必须得留下!"

"他",指的就是我。

他转过身来,对躲在阴影中的那帮乌合之众下令:"抓住他!"

他们发起了攻击。伙伴们围着我收缩成了一圈。布吕斯吼叫着:"来吧,鬼魂们!开战啦!"优优哭了起来:"雷昂!雷昂!来我这里!"仙后像头母狮一样投入了战斗。我肯定自己咬了一个,还抓伤了一个,恐怕他身上现在还有伤痕呢。雷昂大开杀戒,他把半打猫扔了出去,然后冲向了在远处喊叫着发号施令的疯子猫。

我紧跟着他跑过去,和他一起追着疯子猫跑进了墓地深处。当我们再次失去他的踪迹时,我觉得一切都结束了。但是,突然间,雷昂古怪地笑了起来,然后在一座小教堂前放慢了脚步。

"他在那儿。"他对我小声说,"你听到喘息声了吗?"

"是的。"

"别留在这里了,杰克逊,这可不是你该干的活儿……去帮其他人吧!"

我无条件地服从了,一边转身一边忍不住闭上了眼睛。跟着,我听到了几声闷响,那是皮肤撕裂的声音和嘶哑的呻吟声。我睁开眼,狂奔着回到其他人身边。优优蜷缩在一旁,而仙后和布吕斯正在同时应付三只凶恶的家伙,情况看上去还不错。我高喊着"万岁",奋不顾身地投入到战斗中。没有多一会儿,我听到仙后向我叫道:"杰克逊,那边!你身后!"我还没来得及回头看,就被德弗洛夫伯爵墓穴上的石头一下子砸在了脑袋上。我觉得有什么东西从我的耳后流了出来,热得发烫。接着,我便失去了意识。

第十八章

一切尽在掌握

清晨,大家的样子都惨不忍睹。

我微微抬起眼皮。两条狗都不在这儿,敌人也不见了。德弗洛夫伯爵的墓穴上只剩下仙后,她正极力想唤醒昏迷的布吕斯。布吕斯身体抻得长长的,四肢摊开着趴在地上。

"求你了,布吕斯!和我说句话吧!"她"喵喵"地叫着。

晨光是金灿灿的玫瑰色,太阳露头了,阳光下最后几滴露水像珍珠一般闪闪发光。然而,我面前的这幅浪漫场景却令我十分恼火!

我太了解这种故事的结局了。

女主角俯下身子,伤心地面对死去的士兵……终于向他表白了……她笨拙地又低下一点儿身子,然后,"哗啦"!死人睁开了眼睛!就像是奇迹降临,士兵复活了……他亲吻了女主角,然后,"噌"地一下!片尾字幕出现了!

我跳了起来,在当时的情况下,我不知道自己是怎么做到的,但我确实跳了起来。

跳起的同时,我碰翻了插着红玫瑰的花瓶。然后,瓶里冰冷的水真的唤醒了"死人",布吕斯满身是水地站了起来。

"杰克逊!"仙后不满地抬起头。

紧接着,她瞪大双眼看着我:"杰克……杰克逊……你的耳朵!"

"耳朵怎么了?"

"你的左耳……没了……"

我的左耳,最后还是布吕斯不计前嫌地帮我找到了——它就在树丛里,几乎还是完整的。

"好啦……"布吕斯安慰我说,"我有很多伙伴也都没有耳朵了,是吧,仙后?"

"嗯,是没了……"

"更不用说还有些连尾巴都没了,是吧,仙后?"

我低下头。我的耳朵就在那里,只是上面少了几簇毛,但还在那里!

"好啦……"布吕斯嘟囔着说,"咱们得找到那两条狗!"

他们没在我一点儿都不担心。

我意识到自己现在对其他事根本无动于衷。我扭着身子,凑到从花瓶中流出的一小汪水前照镜子,这水还停留在伯爵的墓穴上没有流走。

"你到底走不走呀?"布吕斯喊道,"你不会打算花上一整天的时间来自我欣赏吧?我告诉你,你挺帅的!终于不是宠物猫的样子啦!伙计,你再也不像个软垫子了!你现在又脏又有疤痕,相信我,我们眼看着你变成硬汉,还掉了一只耳朵,所有的小母猫现在都会迷倒在你脚下的!"

宠物猫的反击战

他们迈着小碎步走在墓穴与墓穴之间,我也同样如此。

迷倒在我脚下?就因为我少了一只耳朵?我寻思着那些母猫可真古怪。我脑子里不停重复着"迷倒在我脚下",还没等我们走到主路上,我就已经踌躇满志到极点了。

"哦!脑袋还在呢!"这时,雷昂出现在十字路口,给了我这样的评价。

"哦!丑八怪里的丑八怪!"优优添油加醋地说,"到底发生了什么?"

"我还以为你们丢了呢!"仙后喊道,"你们没看见那些进攻我们的家伙……"

"有几个是见不到了……"雷昂语气阴森地回答说。

春光灿烂。巴黎墓地里的早晨,天气一点儿都不热。

两条狗绝不是迷路了,而是利用我们恢复体力的时间,转了一圈确定方向。

"有三个出口。"雷昂说道。

"有三个!"优优重复了一遍。

"在最大的那个出口附近,到处都是路牌,上面画满了箭头和涂鸦！我们马上就需要你帮忙了，杰克逊……"

从这一刻起，他们就一直跟随在我的身后，全程保持沉默，对我的选择深信不疑，即便是优优，也一句话都不重复了。在我带着他们在丹费尔广场围着青铜狮子绕了两圈时，大家没有一个口出怨言，在我为方向犹豫不决时，也没有一个表现出任何的不耐烦。

走了很长很长的一段路后，唯一开口说话的只有仙后，而且还是在我耳边低语。终于，我认出了二十一路巴士的车站，鲍琳纳上学就是乘这路车。我指着标有站名的小地图对他们说："下一站就是！"

是的，仙后对我说的是："你真了不起，咪鲁·杰克逊。"

第十九章

我的天哪！多恐怖呀！

我们到了。大家在人行道上排成一排，所有人都精疲力竭，盯着对面那栋我住过的公寓楼。

"毫无疑问。"布吕斯说。

我们就这样待了好半天。优优反复地数着楼层。最后，雷昂终于说出了大家都在思考的问题："然后呢？"

然后呢？这可真是个问题。

我离家出走,狗离开了他们生活的乡下,我们遭受风吹日晒,吃尽苦头,甚至还和墓地里的疯子们大战了一场。现在,我们到了这里,几乎面目全非,而我们甚至不知道这一切到底是为了什么。

我又想到了人类,那些创造了绝妙技术的人,那些横跨大洋的人,那些到达南极的人。他们可能也是费了同样的力气才成功的。那个划桨上千万小时的家伙,当他上岸后,应该也有很长一段时间是像我们现在这样的。而尼尔·奥尔登·阿姆斯特朗[1],当他把旗子插在月球上之后,他又会对自己说些什么呢?"好吧,嗯……没什么好拿回去的?"

多无聊呀!我至少也该准备一面旗子呀!宇航员可是有全地球的人在电视前看着他,而我们呢,我们的观众只有看门女人的腊肠犬!他像往常一样从屋里的窗户内瞟过来,几乎不敢相信自己的眼睛。腊肠犬开始大声号叫,并抓挠着玻璃窗。然而这并没能引起他的女主人的注意。于是他像一只没头苍蝇一

---

[1] 第一个登上月球的人类宇航员。

样,不停地用头撞击玻璃,直到特雷布松太太终于走到他的身后,打开了窗户。

"我的狗狗,你怎么了?是不是那边那群可怕的家伙,他们嘲笑你了?快滚开吧,你们!离开那儿!否则就让你们领教一下我的扫帚!"

这下,我们全体找回了笑容。

"来吧,老太婆!来抓我们吧!"雷昂开起玩笑。

"来吧!"优优也吠叫起来,"别忘了带上你的看门狗!我都吓得发抖了!"

我们这几只猫也大叫起来,都用了吃奶的力气。我从没叫得这样响亮过。看门女人从房子里小跑着出来,喊叫着冲向我们,音量同样也是人类能达到的极限:"去!去!滚开!"

雷昂吼叫起来,优优亮出了獠牙,看门女人举起了她手中的"武器"——然而,那把扫帚却突然停在了半空。

"不……这不可能!好像是露茜尔夫人的猫!"她放下扫帚,单膝跪在地上,神色温和地对我说:"过来,小猫咪……让特雷布松太太看看你有没有项圈。"

我扭头看着伙伴们,犹豫不决。

"去吧。"雷昂在我耳边悄声说,"反正也不会损失什么……我们想跑的时候,随时可以跑掉!"

我慢慢地向前走了几步,直到碰到她的手。她抓住我的项圈,翻出我的挂牌,随即发出了一声尖叫。

"我的天哪!是他!是杰克逊!"她做了一个很凶的鬼脸,"你碰到了什么事呀!还有这个可怕的伤口!我的天哪!我的老天!可怜的露茜尔夫人总是对你那么小心在意!我的天哪!太可怕了!真是吓死人了!"

她抓住我的脖子,试图抱起我。我拼命挣扎着,想要从她的手中逃脱。

"喂!你能不能等会儿再反抗啊?"优优小声说道,"我好饿呀!谁知道呢,这老太婆没准儿会给我们点什么吃的……"

"哦……吃的!"仙后"喵呜"一声叫了出来。

他们都用乞求的目光盯着我。的确,我们已经有很长一段时间没吃东西了。

于是,我乖乖地让特雷布松太太把我抱了起来,而且还乖乖地听她重复了一千遍"我的天哪！多恐怖呀"，最后，再乖乖地被她抱进了我曾经住过的大楼。这里不是乡下，也不是废弃的工地，这里是我曾经的家。我们回到了文明社会。如果说还有谁可以为同伴们的生计负责，那就是我，杰克逊！

第二十章

腊肠犬的饭盒

特雷布松太太并没同意让我们全都进屋。刚走到大楼的门口,她就故技重施,重新喊起"去!去!滚开"。这次,是优优想出了一个绝妙的主意。他走到特雷布松太太跟前,竖起耳朵,好让她看清楚,他也戴着一个项圈。

"天哪,这条也不是流浪狗!"

看门女人很为难,只得叫她的丈夫来帮她定夺:"亨利!来这边一下,我不知道该怎么办好!"

亨利见到我时的嫌弃表情,我就略过不提了,他就是这种人。"哦,老天!他们不是把他带走了吗?"

"我不明白他是怎么回到这里的……肯定是发生了什么……"亨利·特雷布松最后说,"给他的主人打电话,他们肯定给你留号码了吧?"

他们确实留了。特雷布松太太小心翼翼地让我们进了屋。

"留在那里,不许乱动!"她一边指着草席,一边明明白白地吩咐道。

我在伙伴们面前有几分尴尬,文明的代价就是不怎么热情好客。但更让人觉得尴尬的是那条腊肠犬,他盯着我们,咧着嘴,舌头耷拉着,紧跟着我们走进他的家,本只有他这一只动物的家。当特雷布松先生跟他太太说话时,他还在一旁抻长了脖子。

"好,你去打电话!我呢,去给他们弄点吃的喝的,他们的确已经瘦骨嶙峋了!"他抓起腊肠犬的饭盒,摆在了仙后的面前。腊肠犬的舌头立刻垂到了地上。

"是的,露茜尔夫人,我向您保证,是他!"得知我的女主人就在电话线的那头儿,我感觉自己有些可笑。我以为自己根本不想她,然而我此刻却是那么的激动。这算什么?!

"啊……不,他不能说是状态不错……是的,我觉得他会复原的,我丈夫正在那儿喂他们吃东西呢……他们?嗯,是的,他的确不是独自一个,您的猫,他带来……就好像是……嗯……他的朋友们……不!还有两条狗!是的,是的,是这样!对!一条又瘦又小,另一条胖乎乎的!您是怎么猜到的?"

特雷布松太太用手捂住话筒,以便对她的丈夫发表议论:"她已经晕了,露茜尔夫人说那些狗可能是邻居的,什么农户之类的……似乎他们是同一天失踪的……你看看他们的项圈上有什么字……"

"优优……和……和……雷昂!"亨利读出他们的名字。

"优优和雷昂。"看门女人在电话中重复道,"是呀,这当然不同寻常!对呀!那么……您想让我怎么办呢,露茜尔夫人?是的,不……好的,我等您的电话……不……不用客气……就这样吧!再见!"

特雷布松夫妇俩看上去轻松了很多,而我呢,终于可以做我一直想要做的事了——我冲向了食物。雷昂和优优狼吞虎咽地吃下了一罐又一罐腊肠犬的存粮。他们的食量着实惊人,终于逗乐了看门人夫妇。

"哇!"特雷布松先生开起了玩笑,"这才叫狗呢!真正的狗!不像你的狗,这儿啃一小块,那儿啃一小块。"

腊肠犬吠叫起来。但夫妇俩的注意力都集中在我们身上,而且从此再没中断过。不出半个小时,整栋楼都知道了我奇迹般的回归。络绎不绝的看热闹行动才刚刚拉开序幕。

"这样啊！"

"真令人难以置信！"

"简直是不可能的事！"

甚至还有个笨蛋，就是那个住在四层的牙医，他大喊道："这只肥胖的宠物猫！谁能相信他能办到这些?！"

被这里的嘈杂所吸引，就连不知名的路人都跑进来看热闹了。一个我不认识的人说："我看过一则报道，曾经有只和他情况差不多的猫出现在电视新闻里，就因为他找到了几百公里以

外的家。您应该给电视台打电话,特雷布松太太,您也会上电视的!"

之后,从看门女人修饰发髻的方式,还有她那故作风情的微笑中,我明白了:我们或许也会像阿姆斯特朗回到地球时那样,被一群超级兴奋的记者追逐,被整个地球的摄像机瞄准。

第二十一章

十三点三十分的新闻

摄制组携带的器材比我预想的要少,全部加起来也只有一部摄像机和一台迷你磁带录音机。这些对他们来说已经足够了,因为他们也只有两个人:一个长头发的大高个儿始终一言不发地拍摄,还有一个有些神经质的女士负责向特雷布松太太提问。

她看起来不太有采访天分,同样的问题她能提三次。

"不要这样笑，夫人。"女记者同看门女人反复说道，"要……自然些！"

"是的,抱歉！"特雷布松太太说。

这个女记者很奇怪。摄像机关着的时候,她表现得很正常,一旦摄像机的红灯开始闪烁,她就开始急急火火地讲话,用的还是假声。

"特雷布松太太,这些小动物经历了一段了不起的冒险之旅！无论哪本小说都没有描述过这么大胆的情节！您之前说,这些动物是跟随这只猫穿越了五百公里？"

"是的。"特雷布松太太说。

"那不算什么……"优优嘟哝着,"我敢打赌,再走个上万公里也可以！"

腊肠犬悄无声息地靠过来,爬上了女主人的膝盖。

"切掉！切掉！"女记者喊道,"这条狗不是'那伙'里的吧,您腿上的这条？"

"不是,这是我的狗。"看门女人解释说。

腊肠犬抻着脖子,紧盯着摄像机,看上去扬扬自得。

"那快把他放出去！"

摄像师提着腊肠犬走向门外，把他丢在了院子里。正当我们准备好了要重新开始接受采访，长发男人也再次用肩膀扛起摄像机时，电话铃响了。

"啊……"女记者叫了出来。

"我就去一秒钟！"特雷布松太太慌张地冲向了电话机。

是我的露茜尔打来的。她说第二天一早就来接我。

"那些狗呢？"看门女人问。

狗也一样。

"另外两只猫呢？"

这下，我的露茜尔肯定犹豫起来了。

"那两只猫呢？"看门女人再次问道，"您想让我怎么办呢？好的！好的！是的，他们待在乡下会非常好的！而且您有所大房子，不是吗？"

待在乡下……我的头不由自主地摇了起来。

"行不通吗，杰克逊？"仙后担心地问。

"不是……不是……"

我意识到,我们仿佛掉进了"第五十八格"——那个鲍琳纳爱玩的桌面游戏中的"陷阱"——"回到起点"的那一格。

采访结束了。我有些心不在焉,而同伴们却很高兴。

"这个什么时候播出?"特雷布松太太一边问一边送女记者走到门口。

女记者看了一眼手表:"如果我们有时间完成剪辑,会上今天十三点的新闻……"

"好的!"特雷布松太太兴高采烈地说,"我记下了!"

"不如记成十三点三十分。"长发男人开玩笑说,"鉴于事件的重要性,它肯定不会在新闻刚开始时就播出!"

这是他第一次开口说话,应该说并不怎么讨人喜欢。但这并没影响到特雷布松太太的情绪。

摄制组刚离开大楼,她就立即在门厅里吼叫道:"亨利!亨利!"

亨利呢,因为害怕摄像机镜头,一直躲在院子里。他闻声飞快地赶回来,腊肠犬紧跟在他脚后面。

特雷布松太太跳着搂住了他的脖子:"亨利!简直太好啦!

快点！快点！咱们去我姐姐家！我可不想我们家人错过我上电视！十三点的时候,大家都该在那儿！"

她还抓住并且抱起了腊肠犬:"要是我在那儿的话,我姐姐就不会错过节目了……嘿嘿，我的狗狗！她肯定会嫉妒得疯掉！"

是呀!她确实是这么说的!有时候,看到人类这么以自我为中心,真让我感到失望……

第二十二章

杰克逊，你占满了整个屏幕！

"开始了！开始了！"

我这样一个总看电视的家伙，见到自己的脑袋也出现在了屏幕里面，不禁觉得有些好笑。我认出了自己，同时，我又不认识自己了。说实话，我觉得自己看起来瘦了。

幸好，看门人夫妇，甚至那条腊肠犬此时都离开了屋子，我可以安安静静地自我欣赏。多亏优优用鼻尖成功打开了电视机。

我们坐在长沙发上，正对着看门人夫妇家的电视机，或者更准确地说，是我那台老电视机。尽管它已经被一块难看的小垫布和上面摆着的腊肠犬的照片弄得面目全非了，但能再次见到它，我还是很高兴。如果我早知道命运会让我们以这样的方式重逢，当初露茜尔把它送给特雷布松太太的时候，我就不会发那么多牢骚了。

"多走运哪！"布吕斯嘟囔道，"能看到的只有你一个！"

这倒是真的，从一开始，摄像机就或远或近地，轮流给我、女记者和看门女人特写镜头，接着又来了一轮。

"杰克逊……你都占满整个屏幕了！"仙后的嗓音像歌声般动听。

"这些小动物经历了一段了不起的冒险之旅！无论哪本小说里都没有描述过这么大胆的情节！您之前说，这些动物是跟随这只猫穿越了五百公里？"

"是的。"特雷布松太太说道。我几乎认不出她了，她的口红简直涂得太红了。

跟着,又是一个我的仰视大特写。

"没错!"雷昂干脆利索地说,"无论有没有耳朵,你都很上镜,杰克逊!"

"上镜……"

"没错,不管怎么说,你都非常棒。"

"都住嘴!"优优大叫起来,"我都听不到记者说话了!我还想看看是否能看到自己呢!我敢打赌他们拍我了……"

镜头此时对准了看门女人。她的上半身长时间地停在那儿,就连我都从屏幕上消失了。

"这个摄像师可真笨哪!"布吕斯抗议道,"这是全国新闻,他的大镜头却一直对着那个老太婆!"

通过那个"一直对着老太婆的大镜头",我们又一次听了整个故事,什么五百公里啦,什么邻居家农场的狗啦,等等。随后,屏幕画面才重新有了变化。

"最后介绍我们的英雄们……"女记者兴奋地叫道。

"这是咪鲁,咪鲁·杰克逊!那边的两只猫,因为没有项圈,所以我不知道他们的名字……"

布吕斯的毛一下子竖了起来。

"那两条农场的狗……雷昂和……这个小不点儿叫什么来着?我忘记了……米尔扎?我想是的,就是这样一个名字。"

"喂!"优优不满地说。

镜头快速地从地毯上一扫而过,那里聚集着我的同伴们。然后,镜头又落到了我的身上。从某种意义上说,这也无可厚非。他们只是在工作。何况女记者也解释了:"我们可以合理地猜想,这些小动物跟随着这只猫,咪鲁·杰克逊,穿越了整个国家……"

至此,一段柔和的乐曲伴随着她的最后几句话响起。这是电视台常用的手法,目的是为了告诉大家节目快结束了。

镜头固定在我身上不动了。我再次占据了整个屏幕。而那个女记者用尖细的嗓音说了最后几句话。

她就这么说了出来,她的话在一秒钟之内就通过卫星发射了出去,发向全世界所有的巨大天线,发向五大洲四大洋!她是这样说的:

"是的,这个咪鲁·杰克逊或许其貌不扬,但在听过我们刚刚向您讲述的、这段他经历过的神奇旅程之后,您会同我一样深信,他比他看上去的样子要聪明很多很多倍!"

我呆住了。天气预报已经开始了,我还是愣着不动。

仙后把她的爪子放在了我的爪子上面。布吕斯开始谈论外面那正烘烤着院子的阳光有多么棒。他抱怨道:"真是不幸啊,我们浪费了这么多时间来看这个笨蛋节目!"他很好心地试图将我唤醒。然而,还是雷昂的办法最有效。他站起来,后退了三米,然后猛冲了过来。优优立刻明白了他的意图,马上闪到了一旁。接着,雷昂用超越了他年纪的行为,成功将我从白日梦中惊醒——在惊人的一跃之后,他竟然撞倒了电视机!

"去死吧,臭电视!"布吕斯吼道。

我从来都没有想过,自己有一天看到一台"16:9"的平面直角电视机从桌子上翻落下去时,竟然会觉得那么好笑,尤其是对于像我这样一只宠物猫来说。

电视机在一阵剧烈的撞击后,发出了最后一声巨响。

"等等,等等!"优优快活地叫着。

他走到地毯中央,朝着遥控器撒了泡尿。"这是'米尔扎'干的!"他说。

仙后笑出声来。腊肠犬也在破碎的镜框里傻笑着。我扶起了他的照片,为的是让他看到后能明白,这并非真的是一场意外事故……

"就这样吧。外面有太阳吗?"我一脸轻松地问道。

"大得不能再大了!"布吕斯一边回答我,一边率先向门外走去。

我们紧跟在他后面,鱼贯而出。

布吕斯第一个到了马路上。他大吼一声:"哇!真烤人!小伙子们,我希望你们没有忘记全身抹上防晒霜!"

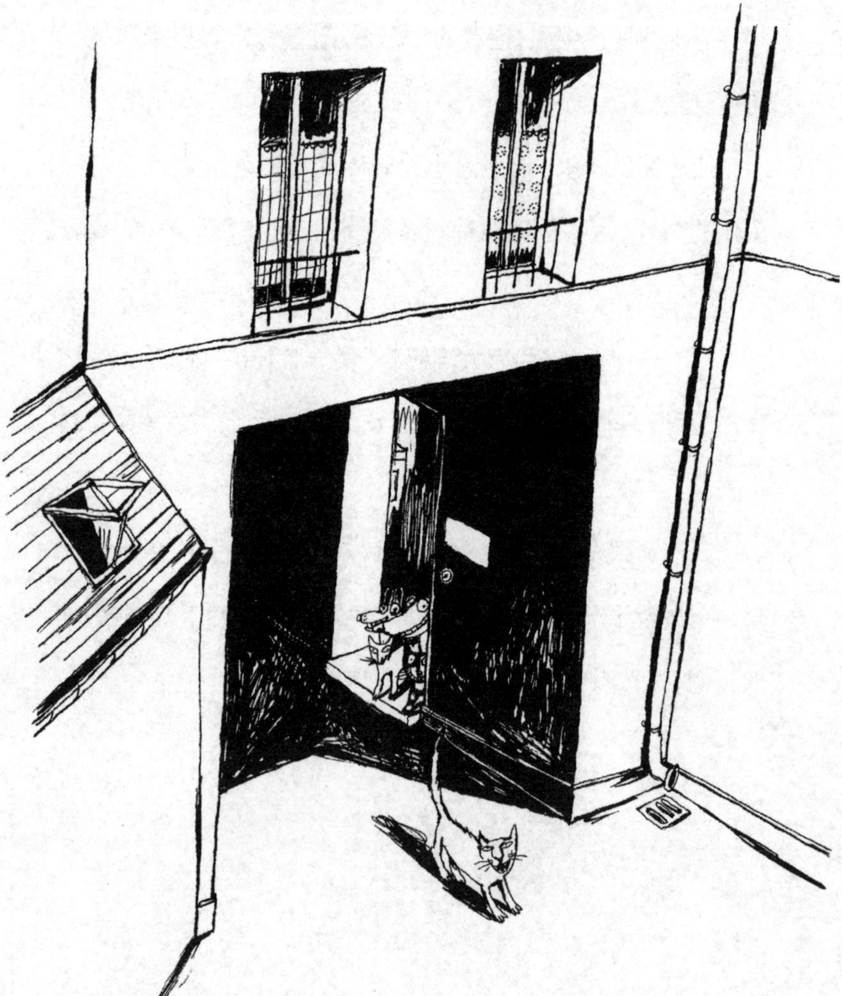